FANTASMAS

VOLUMEN DOS

CREADO POR
JOSHUA WILLIAMSON

ECC

FANTASMAS

VOLUMEN DOS

JOSHUA WILLIAMSON
GUION

GORAN SUDŽUKA
DAVIDE GIANFELICE
JUAN JOSÉ RYP
VLADIMIR KRSTIĆ LACI
DIBUJO

MIROSLAV MRVA
COLOR

DAN PANOSIAN
PORTADAS

MATTEO SCALERA
PORTADA DEL RECOPILATORIO

SKYBOUND™

image®

FANTASMAS VOL. 2
Edición original: *Ghosted* núms. 11-20 USA
Primera edición: Agosto de 2023

ECC Ediciones. Santa Tecla, 1. 08012 Barcelona.

Traducción: Fernando Refoyo Romero
Rotulación: María José Armero
Ilustración de portada: Matteo Scalera
Diseño: Héctor Márquez
Edición: David Fernández

Impreso en España DL B 3106-2023 ISBN O.C: 978-84-19733-08-5
ISBN: 978-84-19811-72-1

CAPÍTULO UNO
GHOSTED
PANOSIAN

GHOSTED
PANOSIAN

Washington DC.
Con el tipo de habilidades que tengo, hay pocos caminos que se pueden tomar en la vida.
Puedes entregarte por completo y dedicar tus días a proteger a los demás, a hacer el bien, sin tener una vida propia.
COMPROBANDO EL TEJADO NORTE, SEÑOR. NI RASTRO DE...
ESPERE.
También puedes optar por seguir el de "¿cómo lo hace?".
COMANDANTE, AQUÍ CAPERUCITA ROJA. HE LOCALIZADO LA UBICACIÓN DEL FRANCOTIRADOR, PERO DEBEMOS DE HABERLE ASUSTADO. ME OCUPARÉ DEL ARMA Y...
El marido fracasado, el trabajo de mierda, los churumbeles, los maratones de Netflix y los domingos perezosos...
¡MIERDA!

Nada de eso iba conmigo.
UK.
HM.
A LO MEJOR DEBERÍA CORTARME EL PELO...
La vida de un mercenario se ajustaba un poco más a mi estilo.
¡BANG!

Porque verás... desde muy joven me di cuenta de que se me daban bien dos cosas... y solo dos.
Una era matar, y la otra, joderla a lo grande.
TRABAJO HECHO. PÁGAME.
La mayoría de mis contactos eran caballeros de rostro amable que en el fondo solo albergaban las mejores intenciones para mí.
ANDERSON, ¿CREES QUE ESA ES MANERA DE SALUDAR?
POR FAVOR... SIÉNTATE. DEJA QUE TE INVITE A UNA COPA.
Uno de los mayores problemas de tratar con la escoria de la tierra era que.... bueno, que eran la escoria de la tierra.
ESCÚPELO. ¿TIENES MI DINERO?
SÍ, Y UN NUEVO ENCARGO.
UNOS CUANTOS SUREÑOS HAN ESTADO PASANDO ARMAS DE CONTRABANDO DESDE FLORIDA, PERJUDICANDO EL NEGOCIO DE LOS CUBANOS.
TU MISIÓN CONSISTIRÁ EN DESCUBRIR EXACTAMENTE CON QUÉ TIPO DE ARMAS ESTÁN TRAFICANDO Y LUEGO MATAR A SUS LÍDERES.
SI QUIERES ACERCARTE A ELLOS, TENDRÁS QUE SER UNA MÁS.

Pero ese nunca ha sido mi modus operandi. Jamás.
A mí me gusta más destacar y llamar la atención. Atraer a mis objetivos de inmediato.
Nunca me ha gustado utilizar mi atractivo sexual para un trabajo, pero esos tipos eran una pandilla de imbéciles.
Y sabía que si les hacía creer, aunque fuese por un solo segundo, que podían tener la oportunidad de echar un polvo, me dirían todo lo que necesitaba saber.
EH... ME LA PIDO.

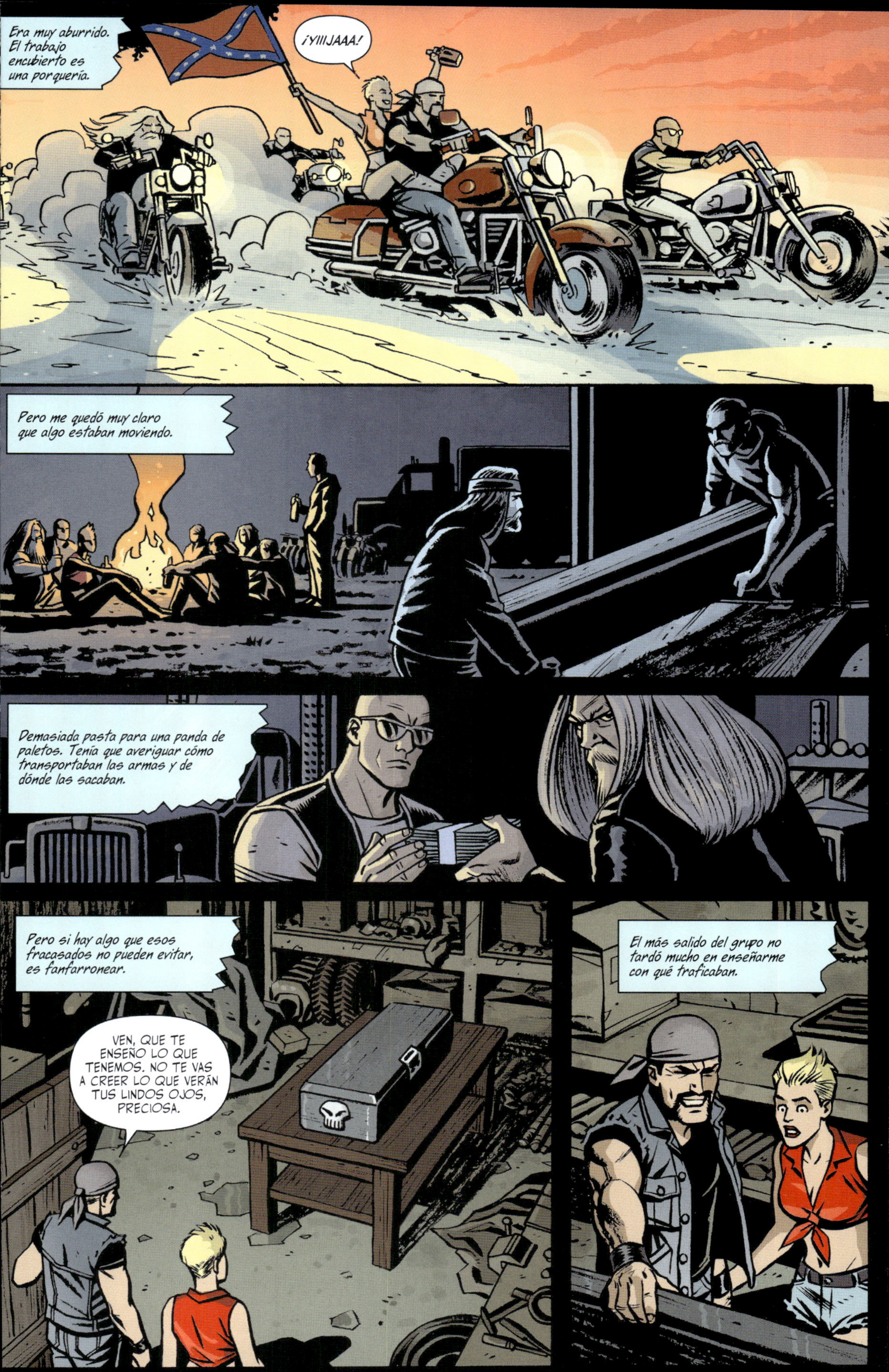

Era muy aburrido. El trabajo encubierto es una porquería.
¡YIIIJAAA!
Pero me quedó muy claro que algo estaban moviendo.
Demasiada pasta para una panda de paletos. Tenía que averiguar cómo transportaban las armas y de dónde las sacaban.
Pero si hay algo que esos fracasados no pueden evitar, es fanfarronear.
VEN, QUE TE ENSEÑO LO QUE TENEMOS. NO TE VAS A CREER LO QUE VERÁN TUS LINDOS OJOS, PRECIOSA.
El más salido del grupo no tardó mucho en enseñarme con qué traficaban.

La magia se había vuelto rural.
¿QUÉ HOSTIAS...? ¿VELAS?
CHULAS, ¿VERDAD?
ESTÁN HECHAS CON AUTÉNTICA SANGRE DE VIRGEN.
LAS HACEMOS AQUÍ Y LUEGO LAS VENDEMOS POR TODO EL MUNDO.
¿Y ESO ES... UN GRAN NEGOCIO?
JODER, NO TE QUEPA NI LA MENOR DUDA.
Era una locura. Rufus me lo contó todo.

Eran una especie de puñetera milicia de magos.
Usaban las velas para atraer la presencia de un fantasma a la habitación. No era suficiente para comunicarse directamente con él... tan solo lo justo para colocarse por tener a los muertos cerca.
Era la primera vez que veía algo sobrenatural, pero por algún motivo no me sorprendió. Lo más probable es que fuese porque estaba distraída con otras dos cosas.
HAS DICHO "SANGRE DE VIRGEN"... ¿DÓNDE DEMONIOS ENCUENTRAS ALGO ASÍ?
Una, el saber que mis contactos me pagarían una buena pasta por esas velas.
OH, NO TE PREOCUPES, RUBITA.
CONFÍA EN MÍ CUANDO TE DIGO QUE EL COLOCÓN BIEN MERECE UNOS POCOS... SACRIFICIOS.
Y dos...
YA...
Que me habían entrado ganas de matar a alguien.
BUENO, ¿FOLLAMOS O QUÉ?

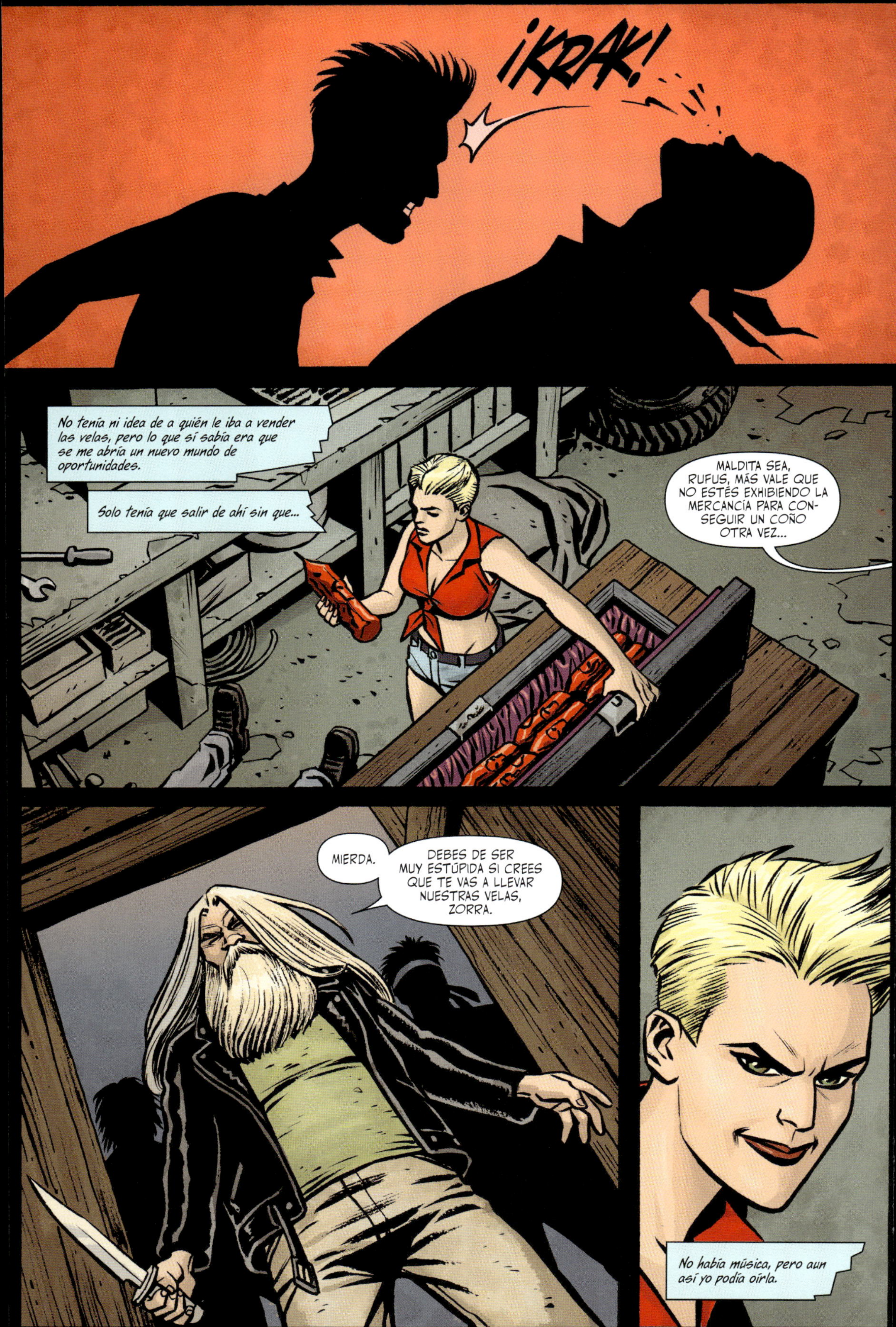
¡KRAK!
No tenía ni idea de a quién le iba a vender las velas, pero lo que sí sabía era que se me abría un nuevo mundo de oportunidades.
Solo tenía que salir de ahí sin que...
MALDITA SEA, RUFUS, MÁS VALE QUE NO ESTÉS EXHIBIENDO LA MERCANCÍA PARA CONSEGUIR UN COÑO OTRA VEZ...
MIERDA.
DEBES DE SER MUY ESTÚPIDA SI CREES QUE TE VAS A LLEVAR NUESTRAS VELAS, ZORRA.
No había música, pero aun así yo podía oírla.

Guns 'n' Roses.
You could be mine.
¡¡AAH!!
¡SMCH!
¡SNP!
¡KK!
¡¡WRRROMMM!!
Debería haberme dado cuenta de que no iba a ser una huida fácil.

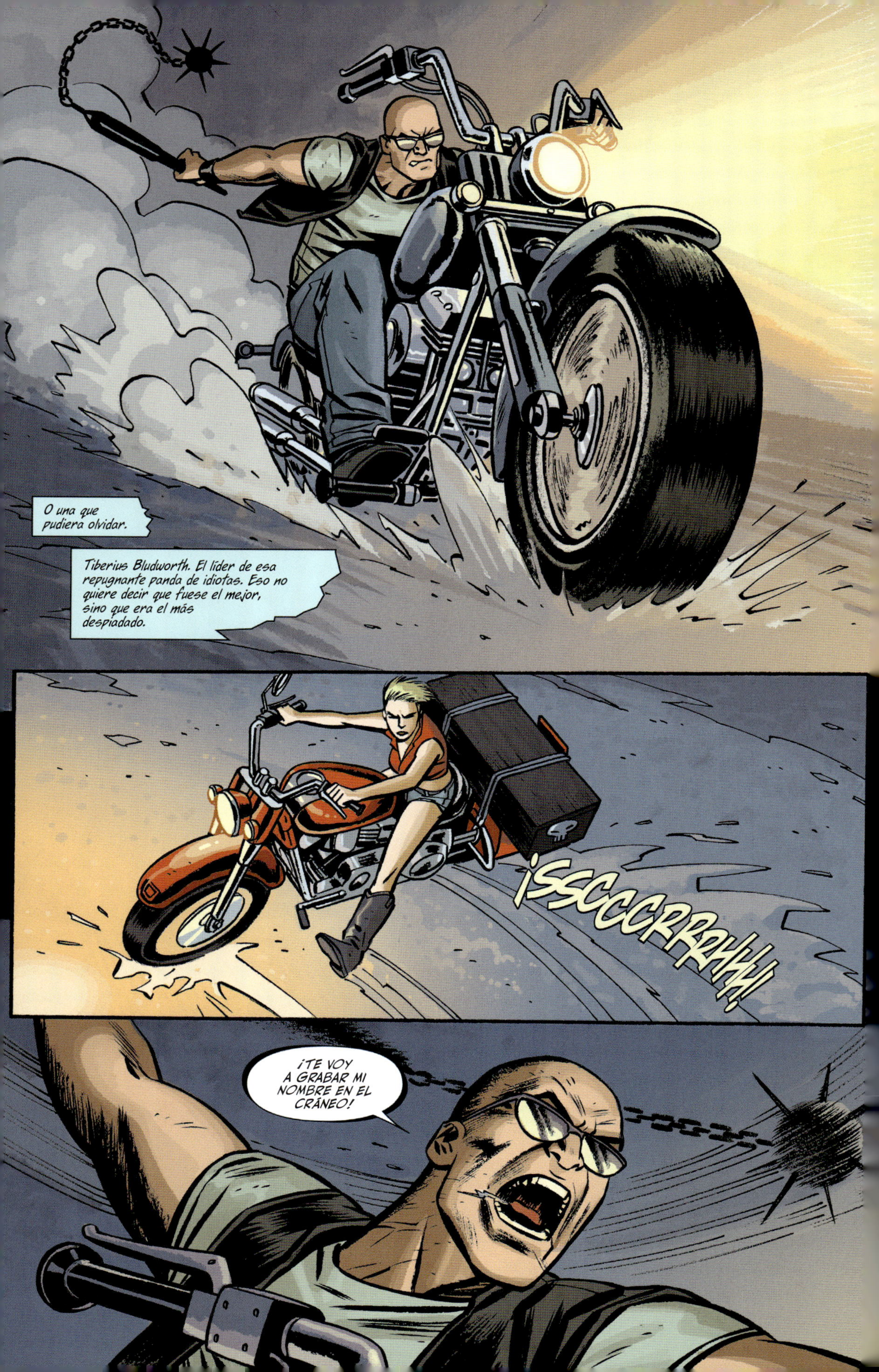
O una que pudiera olvidar.
Tiberius Bludworth. El líder de esa repugnante panda de idiotas. Eso no quiere decir que fuese el mejor, sino que era el más despiadado.
¡SSSCCCRRRHHH!
¡TE VOY A GRABAR MI NOMBRE EN EL CRÁNEO!

¡WHOOSH!
¡THK!
TE HAS METIDO CON LA GENTE EQUIVOCADA, PRECIOSA. ESTA VEZ LA HAS CAGADO PERO BIEN.
TIBERIUS, POR FAVOR. A DIFERENCIA DE TI Y DE TUS CHICOS, A MÍ NO ME GUSTA FARDAR, PERO...
...VOSOTROS, PALETOS, NO SOIS NADA PARA MÍ. SOIS UNOS DONNADIES. SOLO ACEPTÉ ESTE TRABAJO PORQUE QUERÍA VER CÓMO VIVE LA OTRA MITAD.
SOLO ESTABA DE VISITA POR LOS BARRIOS BAJOS.
HASTA LUEGO, COCODRILO.
Pero me había olvidado de algo. Solo porque vendieran velas...

...No significaba que no tuvieran armas.
¡BANG!
¡AH!
Ese momento de arrogancia me costó caro. Muy caro.
AH, MALDITA SEA. UF.
OH, CIERRA EL PICO. SOLO TE HA ROZADO, ENCANTO. NO TE VAS A DESANGRAR NI NADA POR EL ESTILO.
PERO DÉJAME DECIRTE QUE TENGO PLANEADO ALGO MUY DIVERTIDO PARA TI.
NO...
Desmayarse es una mierda.

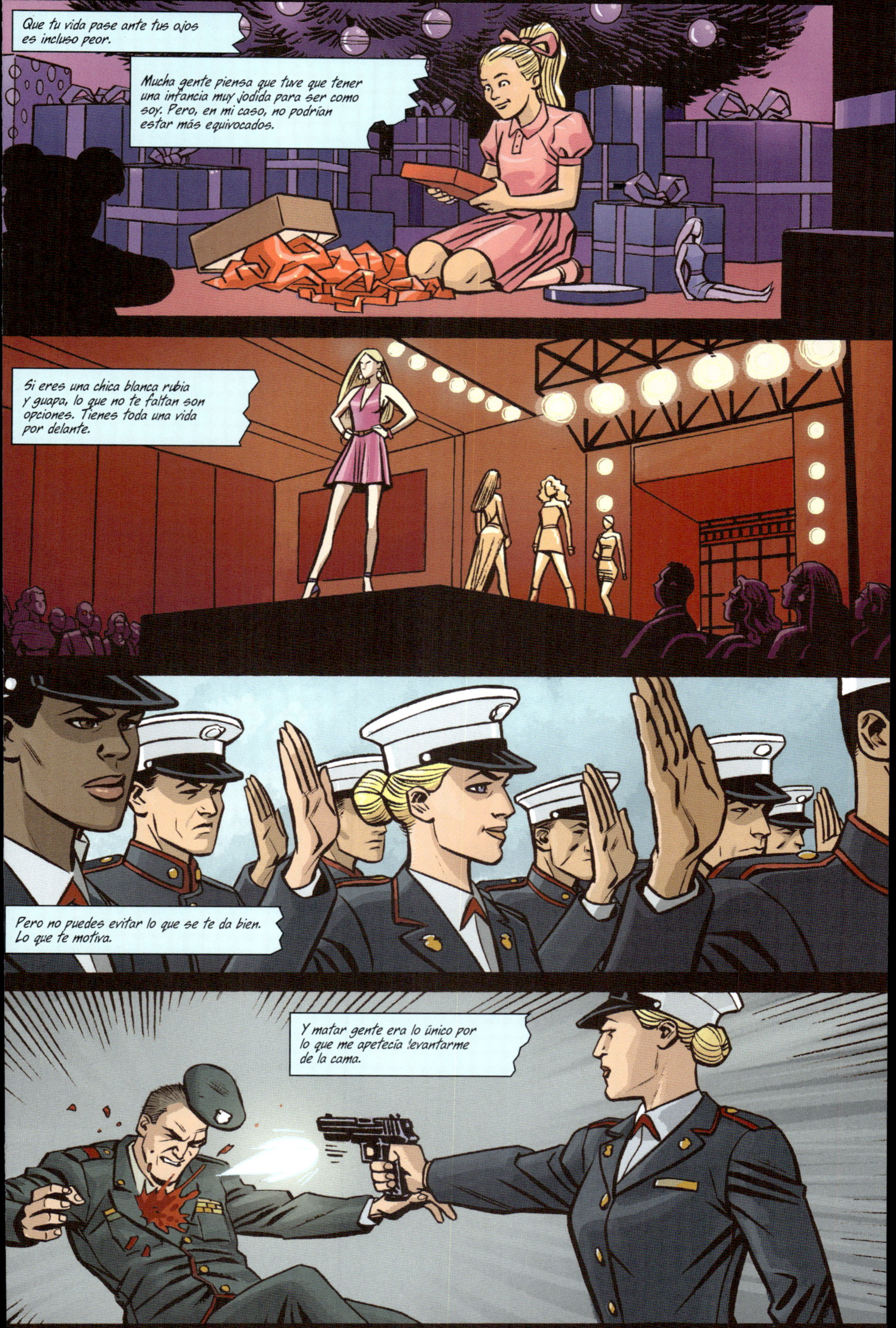
Que tu vida pase ante tus ojos es incluso peor.
Mucha gente piensa que tuve que tener una infancia muy jodida para ser como soy. Pero, en mi caso, no podrían estar más equivocados.
Si eres una chica blanca rubia y guapa, lo que no te faltan son opciones. Tienes toda una vida por delante.
Pero no puedes evitar lo que se te da bien. Lo que te motiva.
Y matar gente era lo único por lo que me apetecía levantarme de la cama.

Para cuando desperté, estaba en Bulgaria, en las peores vacaciones de mi vida. Pero estaba allí porque yo lo elegí. No podía culpar a nadie excepto a mí misma.
MIRAD, OS HE TRAÍDO UN REGALITO. PENSÉ QUE A LO MEJOR OS PODÍA VENIR BIEN OTRA CHICA.
Ni tengo un pasado turbio ni tampoco sufrí abusos de niña. Simplemente, es que soy así.
LA CHICA NO ERA PARTE DEL TRATO.
CALMA, HERMANO. A VER QUÉ TIENE QUE DECIR.
NOSOTROS NO TRAFICAMOS CON PERSONAS.
OH, VENGA YA. UN POCO DE ESCLAVITUD ENTRE AMIGOS NO TIENE NADA DE MALO.
CONFIAD EN MÍ, ME HABRÍA GUSTADO USAR SU SANGRE PARA HACER MÁS VELAS... PERO A JUZGAR POR LA MANERA EN LA QUE JUEGA AL BILLAR, ESTÁ CLARO QUE NO ES VIRGEN.
Conocía las historias. Sabía lo que me iba a ocurrir. Iba a morir de una manera lenta y brutal. Sola, con una vida que nadie recordaría ni valoraría.

ERES REPUGNANTE.
¡BANG!
Y entonces intervino el destino. ¿Era la señal de una segunda oportunidad en la vida?
¿La posibilidad de volver atrás y cambiarlo todo? ¿Debería haber elegido el camino de la familia?
¿¡QUÉ HAS HECHO!?
ERA NUESTRA ÚNICA FUENTE DE...
Joder, no. Menudo aburrimiento.
YA NO ME SERVÍS PARA NADA, "HERMANOS". TENGO LO QUE BUSCABA. Y ADEMÁS...
¡BANG!
¡BANG!
Después de todo lo que había visto, sabía que ya era imposible volver al trabajo de mercenaria normal.
...YA ME HE CANSADO DE ESTA FARSA.
Ahora tenía un contacto completamente nuevo.
SI HAY ALGO QUE DETESTO, ES A LOS PALETOS Y A LOS ESCLAVISTAS. TIENES SUERTE DE QUE ÉL FUESE LAS DOS COSAS. PERO LO CIERTO ES...

...QUE NO PUEDE HABER DEMASIADAS VELAS ENCANTADAS EN EL MERCADO. ESO AFECTARÍA AL VALOR DE MI COLECCIÓN.
ADEMÁS, LA CAPA ME EMPEZABA A PICAR.
SI TIBERIUS HA INTENTADO VENDERTE, SEGURO QUE ES PORQUE LE HAS CABREADO DE COJONES. ME GUSTA.
¿ERES UN BRUJO DE VERDAD?
OH, CIELOS, NO. SER BRUJO ES UN AUTÉNTICO INCORDIO A DÍA DE HOY. EXIGE DEMASIADA DISCIPLINA.
PUTO GILIPOLLAS.
CUANDO MIS CHICOS SE ENTEREN DE ESTO, ¡VAIS A DESEAR HABER SIDO ESCLAVOS DE ESOS BRUJOS!
¿QUIERES HACER TÚ LOS HONORES?
SERÁ TODO UN PLACER.

¡BANG! ¡BANG! ¡BANG!
¿POR QUÉ ME HAS SALVADO?
ME RECUERDAS A MI HERMANA PEQUEÑA.
HARÉ COMO SI ESO NO ME HUBIESE SONADO RARO. ¿TIENES NOMBRE?
MARKUS SCHRECKEN. Y AHORA VAMOS, QUERIDA. NECESITO A ALGUIEN COMO TÚ. TÚ Y YO VAMOS A VIVIR UNAS AVENTURAS MARAVILLOSAS.
¿POR QUÉ DEBERÍA FIARME DE TI?
¿PORQUE PUEDO PAGARTE...?
Después de eso, Markus me contrató para ser su asesina personal. Le ayudé a conseguir parte de su colección sobrenatural.
Fue un trabajo bastante fácil, hasta que decidió que necesitaba algo que sabía que no podía conseguir yo sola.
Quería robar un fantasma.
Por eso tuve que sacar tu puto culo de la cárcel.

PERO NO PUDISTE HACERLO BIEN, ¿VERDAD, JACKSON?
SABES QUE ESE TRABAJO NO ERA TAN FÁCIL COMO PARECÍA.
TU BUEN AMIGO MARKUS TE MINTIÓ A TI TAMBIÉN. NUNCA QUISO AL FANTASMA. TODO ERA PARA SU PROPIO BENEFICIO.
SI TE HUBIESES UNIDO A NOSOTROS... NO HABRÍAS TENIDO QUE MORIR.
¡SABES DE SOBRA QUE NO MERECÍA MORIR ASÍ, DON PERFECTO!
ESTO NO HA TERMINADO...
Pero, en el último momento, me hice una promesa.
QUE TE ATORMENTARÍA HASTA EL DÍA DE TU MUERTE.

GENIAL. SUPONGO QUE TODOS TENEMOS QUE TENER "ALGO" QUE NOS ATORMENTE.
¿CREES QUE ESTO ME GUSTA? ¿ES QUE NO HAS OÍDO NADA DE LO QUE HE DICHO?
LO ÚNICO QUE ME ATORMENTA SON MIS PROPIAS DECISIONES.
LO QUE ME GUSTABA ERA MATAR, SER UNA TÍA DURA.
BUENO, ME ALEGRO DE QUE ESTÉS AHÍ VIGILÁN-DOME.
ESTÁS DE BROMA, ¿VERDAD?
ALGUIEN O ALGO TE ESTÁ ACECHANDO, JACKSON. ES COMO SI PU-DIESE VERLO EN TU SOMBRA. PERO SOLO DURANTE UN INS-TANTE... ESTÁ AHÍ Y LUEGO DESAPARECE.
DESPUÉS DE TODA LA MIERDA QUE HE VISTO, SÉ LO SUFICIEN-TE COMO PARA SABER QUE LOS OJOS NO ME ENGAÑAN.
¿AH, NO? ¿Y AHORA?

¿PUEDES VERLO AHORA?
NO.
NO, NO PUEDO.

CAPÍTULO DOS

SI LE SOY SINCERO, PUEDE QUE TODO ESTO HAYA TERMINADO DE LA MEJOR MANERA POSIBLE.
SU HERMANA TIENE MUCHA SUERTE. LA MAYORÍA DE LOS ACOSADORES DESARROLLAN UN COMPORTAMIENTO VIOLENTO.
SE CREAN LA FANTASÍA DE QUE TIENEN UNA RELACIÓN CON SUS VÍCTIMAS, AUNQUE NI SIQUIERA LAS CONOCEN.
ASÍ QUE ES PREFERIBLE QUE SE HAYA SUICIDADO A QUE... YA SABE...
SÍ, ESO ES LO QUE DICE TODO EL MUNDO.
GRACIAS POR VENIR PERSONALMENTE A DECÍRNOSLO. HAN SIDO DE GRAN AYUDA.
¿ESTÁS BIEN, SARAH?
SÍ. ESTOY... ESTOY BIEN.
ME SORPRENDE UN POCO QUE ESTÉS LLORANDO... CREÍA QUE LE ODIABAS...
Y LE ODIO... O SEA, LE ODIABA. ESE CABRÓN CONVIRTIÓ MI VIDA EN UN INFIERNO. SIEMPRE VIGILÁNDOME, SIEMPRE SIGUIÉNDOME, PERO...
NO LLORO DE TRISTEZA, SINO DE ALEGRÍA. PORQUE YA NUNCA MÁS VOLVERÁ A MOLESTARME.

SE ACABÓ.

¿NINA SANGRE DE CUERVO?
ME LLAMO OLIVER KING... COINCIDIMOS BREVEMENTE HACE ALGÚN TIEMPO.
¿TE IMPORTARÍA ACOMPA-ÑARME?
ES CURIO-SO. LO DICES COMO SI TU-VIESE ELEC-CIÓN...
CIERTO, NO LA TIENES.
¿CÓMO NOS HAS ENCON-TRADO?
LOS FEDERALES TIENEN A UN INFORMADOR VIGILANDO A JACKSON. NOS HA TRAÍDO HASTA TI Y LA HERMANDAD DEL LIBRO CERRADO.
¿Y VOSOTROS SOIS AMIGOS DE JACKSON?
JACKSON Y YO NOS CONOCEMOS DESDE HACE MUCHO. CUANDO ERA UN NIÑO, ME ENSEÑÓ TODO LO QUE SÉ.
¿Y TÚ SE LO PAGAS HACIENDO QUE LE ARRESTEN?
ES DEMASIADO ESTÚPIDO PARA DARSE CUENTA AÚN, PERO EN REALIDAD LE HE SALVADO.
¿VERDAD, JACKSON?
¿JACKSON?

NO, HAS DADO JUSTO EN EL CLAVO, KING. LO MEJOR ES QUE ME DEJES EN EL LUGAR QUE ME CORRES-PONDE...
...ASÍ QUE ¿POR QUÉ NO CIERRAS LA PUERTA, TE VAS A TOMAR POR CULO Y TIRAS LA LLAVE?

DÉJATE DE MELODRAMAS Y VÍSTETE. TENEMOS UN LARGO DÍA POR DELANTE.

¿CUÁNDO TE VENDISTE A LOS FEDERALES, KING?
¿FUE ANTES O DESPUÉS DE LO DE LA MANSIÓN TRASK?
NO TRABAJO PARA LOS FEDERALES. SOY UN CONTRATISTA INDEPENDIENTE. ¿CREES QUE ERES EL ÚNICO QUE ME PAGA POR MIS HABILIDADES?
ASÍ QUE NO ERES MÁS QUE UN CHIVATO SIN MORAL...
YO TAMBIÉN ME ALEGRO DE VERTE.
PUEDES SEGUIR COMPORTÁNDOTE COMO UN NIÑO CAPRICHOSO SI QUIERES, PERO ESPERA AQUÍ.
¿SEGURO QUE VA A AYUDARNOS? ANTES ME HA CONTADO QUE LOS DOS...
QUE LE JODAN A ESE PUTO GILIPOLLAS.
OLIVER SIEMPRE HA SIDO UN MIERDECILLA. HASTA CUANDO ERA UN GAMBERRO QUE VIVÍA EN DETROIT. TUVO SUERTE DE QUE NO LE DIESE UNA PATADA EN EL CULO CUANDO LE VI EN MÉXICO.
EEEH... JACKSON...
ES UN PUTO DESASTRE. DESPUÉS DE LO DE LA MANSIÓN TRASK, SE DIO A LA BEBIDA Y TERMINÓ CON LOS FEDERALES. DEBERÍA HABER SABIDO QUE NO SE PUEDE CONFIAR EN ESE ESTÚPIDO INÚTIL.
¿JACKSON?

YA SÉ QUE ESTÁ DETRÁS DE MÍ. Y ME IMPORTA TRES COJONES.
VOY A SEGUIR HABLANDO MIERDA DE ÉL.
COMO TE IBA DICIENDO...

ERES UN TIPO DESPRECIABLE, ¿LO SABÍAS? NADA MÁS QUE UN LAMENTABLE HIJO DE PUTA AL QUE DESEARÍA HABER DEJADO MORIR EN AQUELLA PUÑETERA CASA ENCANTADA.
SI HUBIESES APARECIDO SOLO CINCO MINUTOS ANTES EN MÉXICO, ¡TRICK AÚN ESTARÍA VIVO, MALDITO CHIVATO!
SIENTO MUCHO LO DE TRICK. DE VERDAD.

Y PUEDE QUE YO NO TE CAIGA BIEN, PERO TIENES QUE CALLARTE.
JACKSON... ESTE ES EL AGENTE CREED.
BIEN. ENCANTADO DE CONOCERTE.
HMF.
PUES VALE.
ASÍ QUE ERES DE EXPEDIENTE X, ¿EH?
SR. WINTERS, NI ME INTERESAN SUS CHISTECITOS NI TENGO TIEMPO PARA ELLOS. ESTÁ AQUÍ POR UNA ÚNICA RAZÓN.
FANTASMAS.

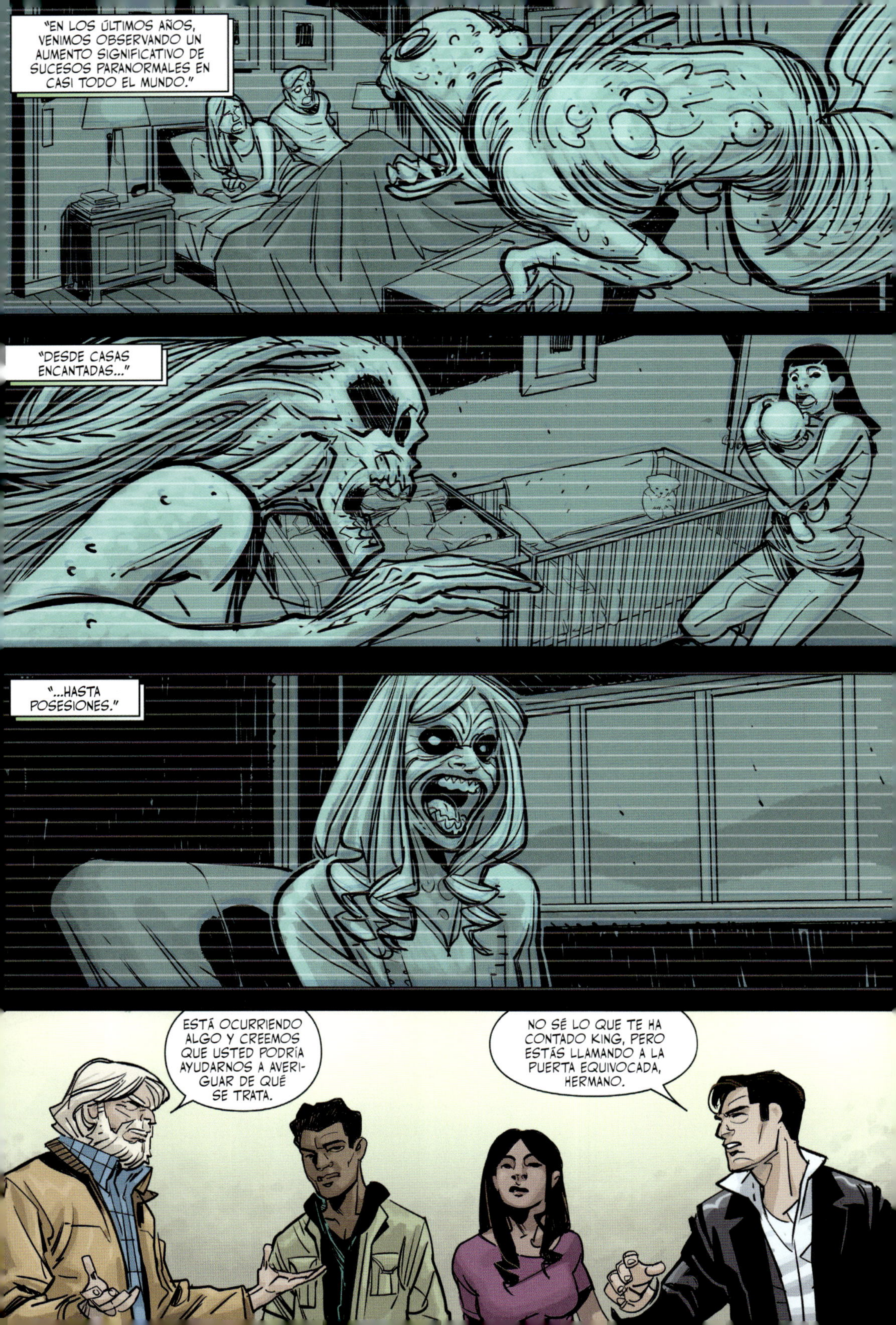
"EN LOS ÚLTIMOS AÑOS, VENIMOS OBSERVANDO UN AUMENTO SIGNIFICATIVO DE SUCESOS PARANORMALES EN CASI TODO EL MUNDO."
"DESDE CASAS ENCANTADAS..."
"...HASTA POSESIONES."
ESTÁ OCURRIENDO ALGO Y CREEMOS QUE USTED PODRÍA AYUDARNOS A AVERIGUAR DE QUÉ SE TRATA.
NO SÉ LO QUE TE HA CONTADO KING, PERO ESTÁS LLAMANDO A LA PUERTA EQUIVOCADA, HERMANO.

OIGA, SÉ QUE SE SUPONE QUE USTED TIENE UNA ESPECIE DE MENTE PRODIGIOSA, PERO A MÍ NO ME IMPRESIONA.
SEGÚN MI EXPERIENCIA, LOS DELINCUENTES PROFESIONALES... BUENO, SOIS TODOS MÁS TONTOS QUE LA HOSTIA.
TUS HALAGOS NO TE VAN A SERVIR DE NADA.
SEAMOS SINCEROS. SI EL CRIMEN COMPENSASE DE VERDAD, SOLO TENDRÍA QUE HABER DADO UN BUEN GOLPE Y DESPUÉS RETIRARSE PARA SIEMPRE, ¿NO ES ASÍ?
SI FUESE TAN BUENO, SE HABRÍA SALIDO CON LA SUYA Y NADIE SE HABRÍA ENTERADO. PERO ES DEMASIADO ESTÚPIDO PARA ESO.
ESTE ES EL MEJOR DISCURSO DE VENTAS QUE HE OÍDO EN MI VIDA.
NO NECESITO VENDERLE UNA MIERDA. O LO HACE A MI MANERA... O NADA. SOLO EXISTE UNA FORMA.
¿POR QUÉ YO?
¿ESTÁ DE BROMA?
HA TENIDO AL MENOS TRES ENCUENTROS CON LO PARANORMAL. EL ESPÍRITU DEL CASINO, LA MANSIÓN TRASK Y LUEGO LA HERMANDAD.
Y SÉ LO DE NUEVA ORLEANS.
BUENO... ¿QUÉ ME DICE?
QUE VOY A NECESITAR UNA PALA.
¿UNA PALA? ¿PARA QUÉ?

PARA RETIRAR TODA LA MIERDA QUE HAY AQUÍ.
EMPIEZA A LLEGARME AL CUELLO.
VERÁS... SI PIENSAS POR UN SOLO SEGUNDO QUE VOY A TRABAJAR PARA UNA MARIONETA DEL GOBIERNO...
...ES QUE ERES MÁS TONTO DE LO QUE PARECES.
PERO MUCHO MÁS.
ESTOY HASTA LOS COJONES DE TI, CHICO.

OH, YA VEO QUE EN REALIDAD NO SABES NADA DE MÍ, ¿VERDAD? ADELANTE. DESPUÉS DE LOS ÚLTIMOS DÍAS, ME HARÍAS UN FAVOR.
HAZLO.
¡HAZLO!
ACOMPÁÑAME.
YA.
¿QUIERES SABER LO QUE ESTÁ OCURRIENDO DE VERDAD?
¡NOSOTROS TAMBIÉN!
¿DE QUÉ HOSTIAS ESTÁS...?

¿...HABLANDO?
DIOS. ¿¡TE HAS VUELTO LOCO O QUÉ!?
TRANQUI.
¡NADIE MEJOR QUE TÚ SABE LO QUE OCURRE AQUÍ DENTRO!
¿CÓMO HAS PODIDO SACARLA DE LA MANSIÓN TRASK?
SI TE CALMAS DE UNA PUTA VEZ Y DEJAS QUE TE LO EXPLIQUE...
NO ES LA MISMA. ESTA HABITACIÓN BLANCA ES NUEVA.

HACE UN PAR DE AÑOS ME PIDIERON QUE LES ECHASE UN VISTAZO A UNAS CUANTAS DE ESAS CHORRADAS SOBRENATURALES QUE HAY POR EL MUNDO. EN SU MAYORÍA, RELIQUIAS ROBADAS, NADA DE FANTASMAS.
EN SU MOMENTO, LO VI COMO UNA ESPECIE DE DEGRADACIÓN. SIMPLEMENTE ME DIERON UN PUESTO DE POCA IMPORTANCIA PARA QUE NO SIGUIERA CREANDO PROBLEMAS.
DESPUÉS, UNO DE MIS AGENTES FUE A INVESTIGAR UNA POSESIÓN. PENSÉ QUE TODO ESO NO ERA MÁS QUE UNA SARTA DE BOBADAS... PERO...
"...SE VOLVIÓ LOCO Y DESPELLEJÓ A TODOS LOS DE LA PLANTA PARA HACERSE UN TRAJE CON SU PIEL."
PERO ANTES DE TERMINAR... CONVIRTIÓ UNO DE LOS DESPACHOS EN ESTO.
DESPUÉS DE ESO, ME TOMÉ MI NUEVO PUESTO UN POCO MÁS EN SERIO, Y HASTA AHORA HEMOS SIDO CAPACES DE ENCONTRAR CINCO HABITACIONES COMO ESTA POR TODO EL MUNDO.
TÚ ME CONOCES BIEN, JACKSON. YO CREÍA QUE TODO ESTO NO ERA MÁS QUE UN MONTÓN DE TONTERÍAS, PERO DESPUÉS DE LO DE LA MANSIÓN TRASK... NO PUEDO SEGUIR NEGANDO QUE ALGO MALO ESTÁ OCURRIENDO.
A VER... ¿DE QUÉ VA TODO ESTO? ¿QUERÉIS QUE ATRAPE A OTRO FANTASMA? ¿ES ESO?
NO. NECESITAMOS QUE NOS TRAIGAS A ALGUIEN VIVO.

DAMIAN CHARON. UNA ESPECIE DE MAGO CALLEJERO DE POCA MONTA.
PERO NUESTROS INFORMANTES NOS HAN DICHO QUE LE HAN VISTO EN NUEVA YORK, EN LOS LUGARES DONDE SE HAN PRODUCIDO VARIAS APARICIONES, Y QUE PODRÍA SABER ALGO AL RESPECTO.
COMO PUEDES IMAGINARTE, NOS GUSTARÍA SABER SI TIENE ALGO QUE VER. PERO NO HEMOS CONSEGUIDO CONTACTAR CON ÉL. CASI SEGURO QUE ES UN ALIAS...
TIENES RAZÓN... ESTE NO ES SU VERDADERO NOMBRE.
¿LE CONOCES?
SÍ... JODER.
ES DANNY TRICK.
EL HIJO DE TRICK.

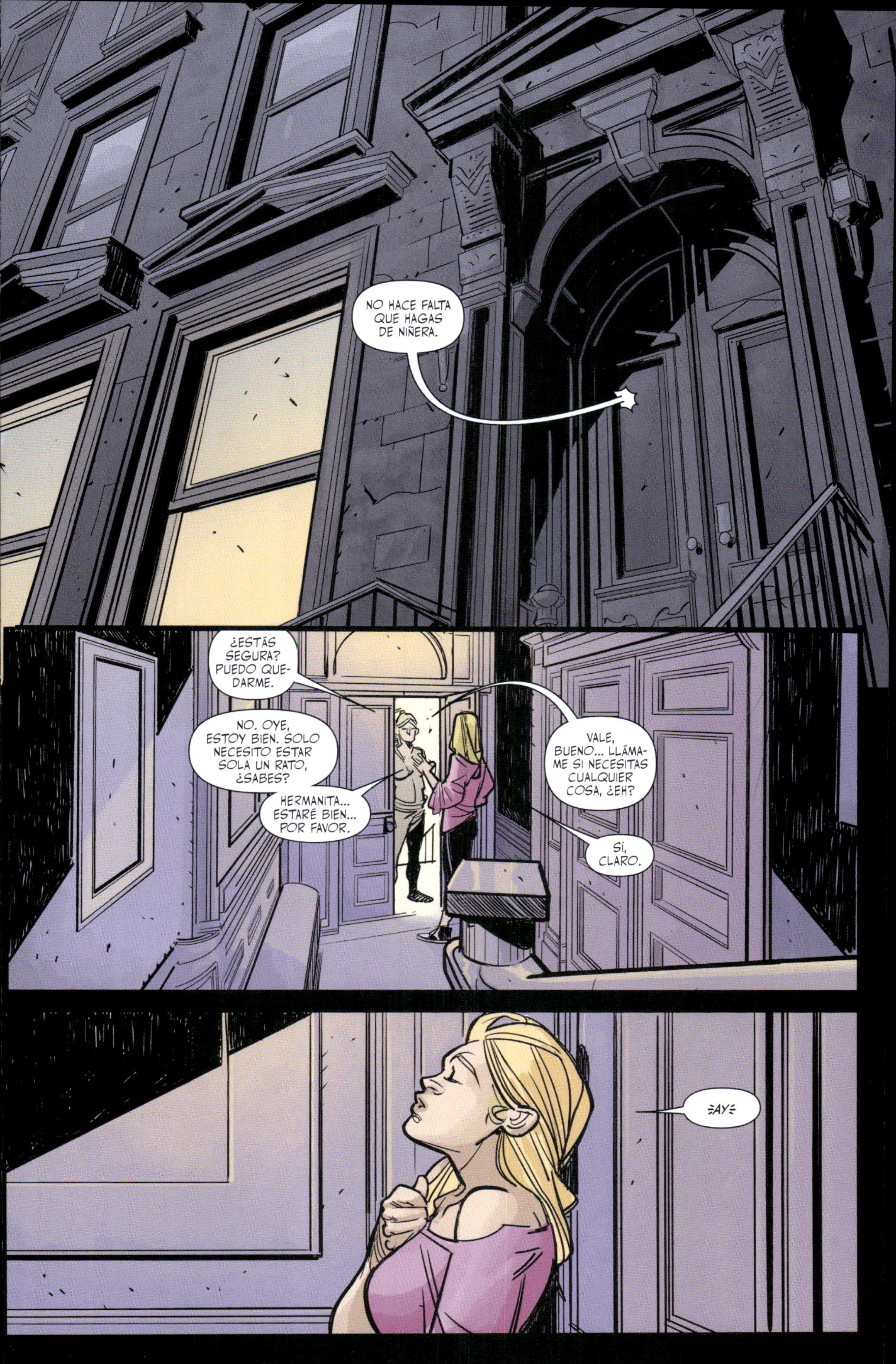

NO HACE FALTA QUE HAGAS DE NIÑERA.
¿ESTÁS SEGURA? PUEDO QUEDARME.
NO. OYE, ESTOY BIEN. SOLO NECESITO ESTAR SOLA UN RATO, ¿SABES?
HERMANITA... ESTARÉ BIEN... POR FAVOR.
VALE, BUENO... LLÁMAME SI NECESITAS CUALQUIER COSA, ¿EH?
SÍ, CLARO.
AY

POR FIN...
...SOLA.

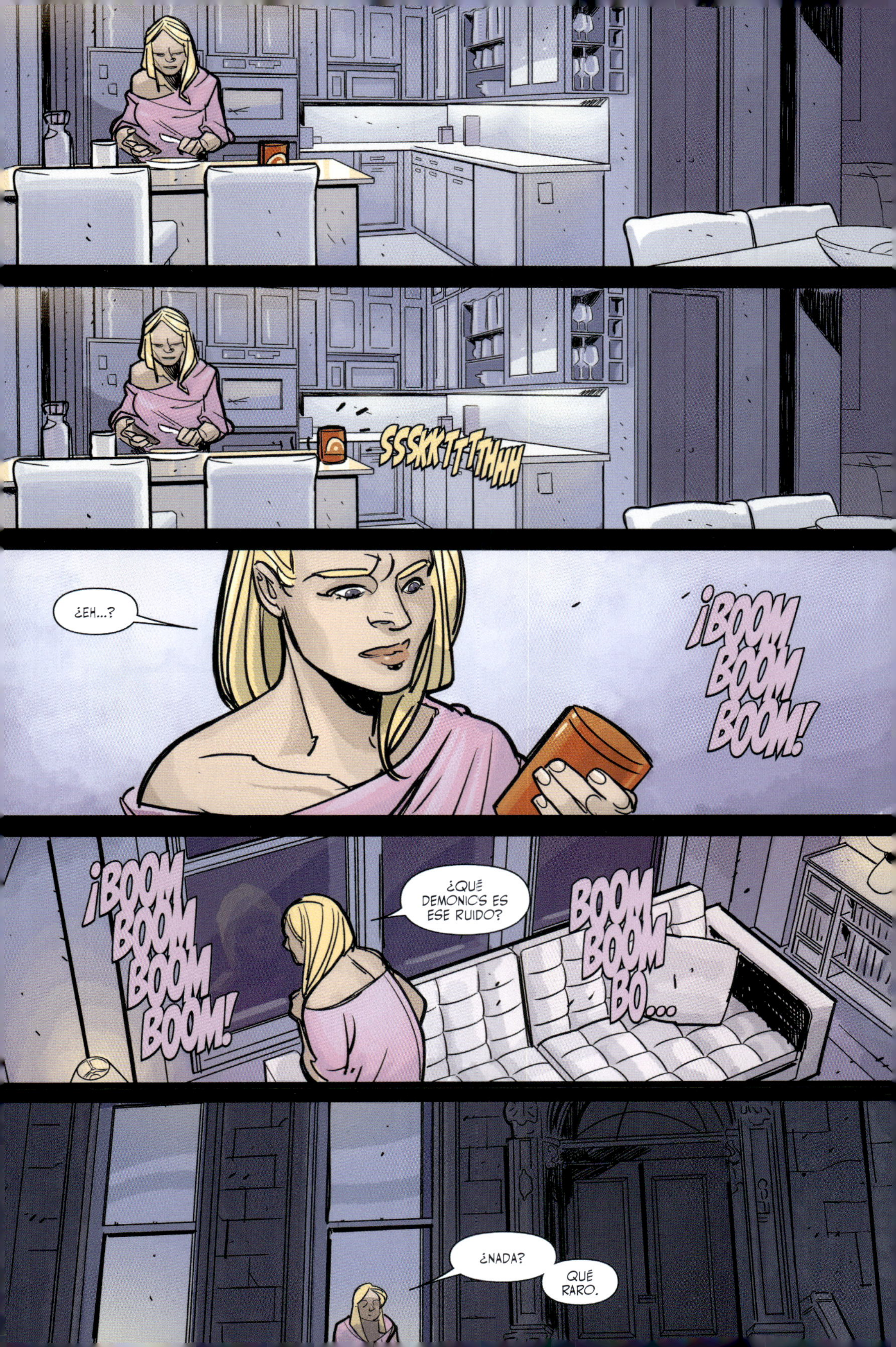

SSSKKTTTTHHH
¿EH...?
¡BOOM BOOM BOOM!
¡BOOM BOOM BOOM BOOM!
¿QUÉ DEMONIOS ES ESE RUIDO?
BOOM BOOM BO...
¿NADA?
QUÉ RARO.

SIEMPRE TE AMARÉ
¡EIIII!
¿LO VES? GRACIAS A MIS "DESEOS SUICIDAS" ESTAMOS LLEVANDO EL ACOSO A UN NUEVO NIVEL.
SI HAY ALGUIEN AL QUE QUIERES ATORMENTAR, SOLO TIENES QUE DECIRME QUIÉN ES Y LUEGO... PAGAS EL PRECIO FINAL.
¿TENEMOS UN TRATO?
SÍ...
"NO ESTOY MUY CONVENCIDO..."

...PERO SI ACEPTO, QUE CONSTE QUE NO SERÁ POR VOSOTROS, SINO POR TRICK. POR VER EN QUÉ PUTO LÍO DE MIERDA SE HA METIDO SU HIJO.
PODRÍAIS SALIR MAÑANA POR LA MAÑANA.
¿Y LA CHICA? ¿QUÉ PASA CON NINA?
LA POSEYÓ UN ESPÍRITU CABREADO. TENEMOS QUE... ENTREVISTARLA.
NO, DE ESO NADA. SE VIENE CONMIGO.
NO TE LO CREES NI TÚ.
O ESO O... O ME MATAS AQUÍ MISMO O ME METES DE NUEVO EN LA CÁRCEL.
Y SERÁ AGRADABLE TENER A MI LADO A ALGUIEN QUE NO ME HAYA APUÑALADO RECIENTEMENTE POR LA ESPALDA.
VALE, PERO TU AMIGO KING NO TE ENTREGÓ. ÉL SOLO NOS AYUDÓ A TRAERTE AQUÍ.
HACE AÑOS QUE SABEMOS DE TI. DE HECHO, SI MARKUS SCHRECKEN NO TE HUBIESE SACADO DE LA CÁRCEL... ERA UNA OPCIÓN EN LA QUE HABÍAMOS PENSADO.
ESPERA, ¿QUÉ QUIERES DECIR CON QUE YA "SABÍAIS DE MÍ"? ¿QUÉ ES LO QUE HAY QUE SABER?
TENEMOS A ALGUIEN QUE QUERÍA CONOCERTE DESDE HACE TIEMPO.
ES UNA FAN TUYA.

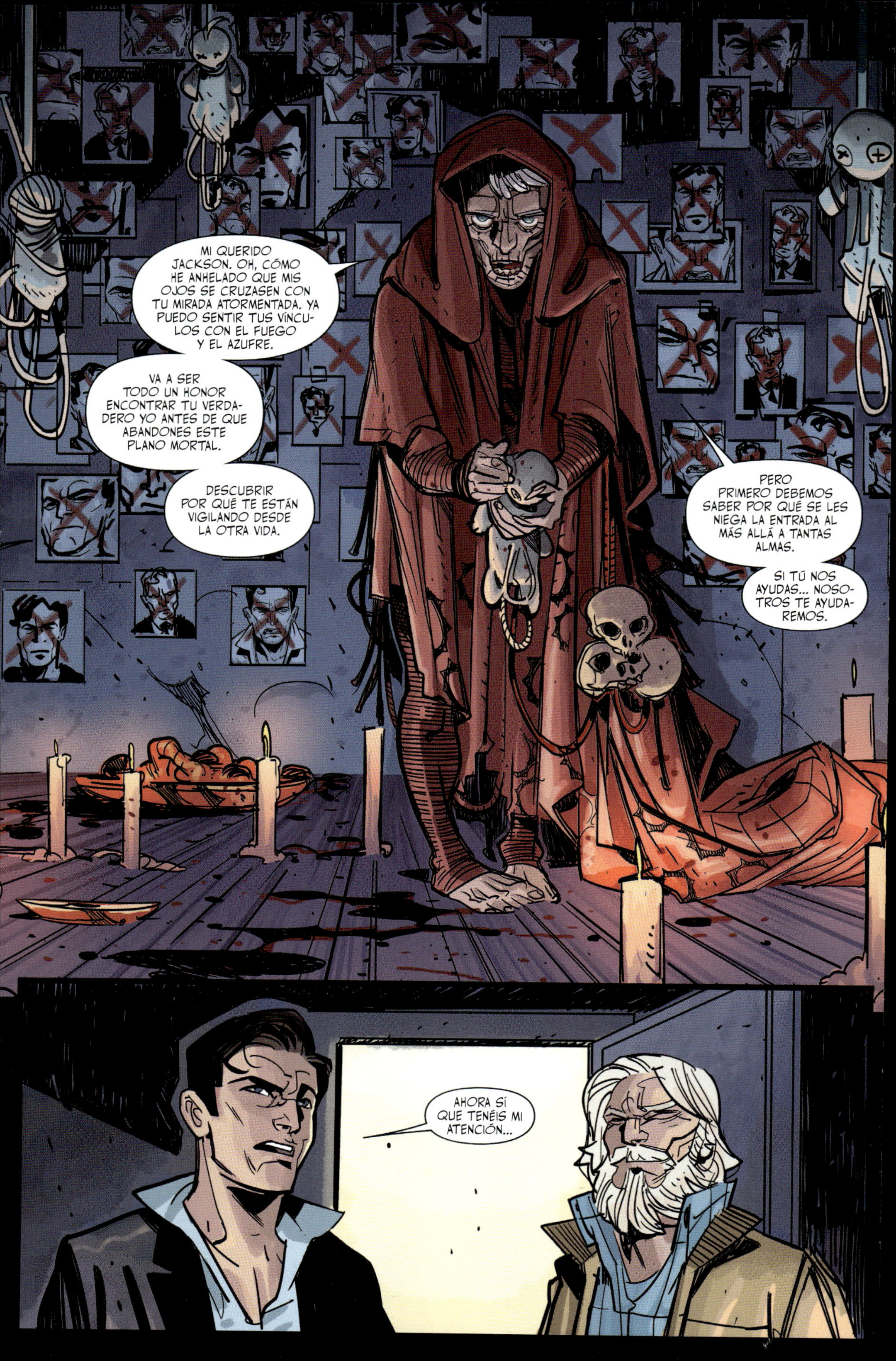
MI QUERIDO JACKSON. OH, CÓMO HE ANHELADO QUE MIS OJOS SE CRUZASEN CON TU MIRADA ATORMENTADA. YA PUEDO SENTIR TUS VÍNCULOS CON EL FUEGO Y EL AZUFRE.
VA A SER TODO UN HONOR ENCONTRAR TU VERDADERO YO ANTES DE QUE ABANDONES ESTE PLANO MORTAL.
DESCUBRIR POR QUÉ TE ESTÁN VIGILANDO DESDE LA OTRA VIDA.
PERO PRIMERO DEBEMOS SABER POR QUÉ SE LES NIEGA LA ENTRADA AL MÁS ALLÁ A TANTAS ALMAS.
SI TÚ NOS AYUDAS... NOSOTROS TE AYUDAREMOS.
AHORA SÍ QUE TENÉIS MI ATENCIÓN...

CAPÍTULO TRES
GHOSTED
PANOSIAN

PANOSIAN

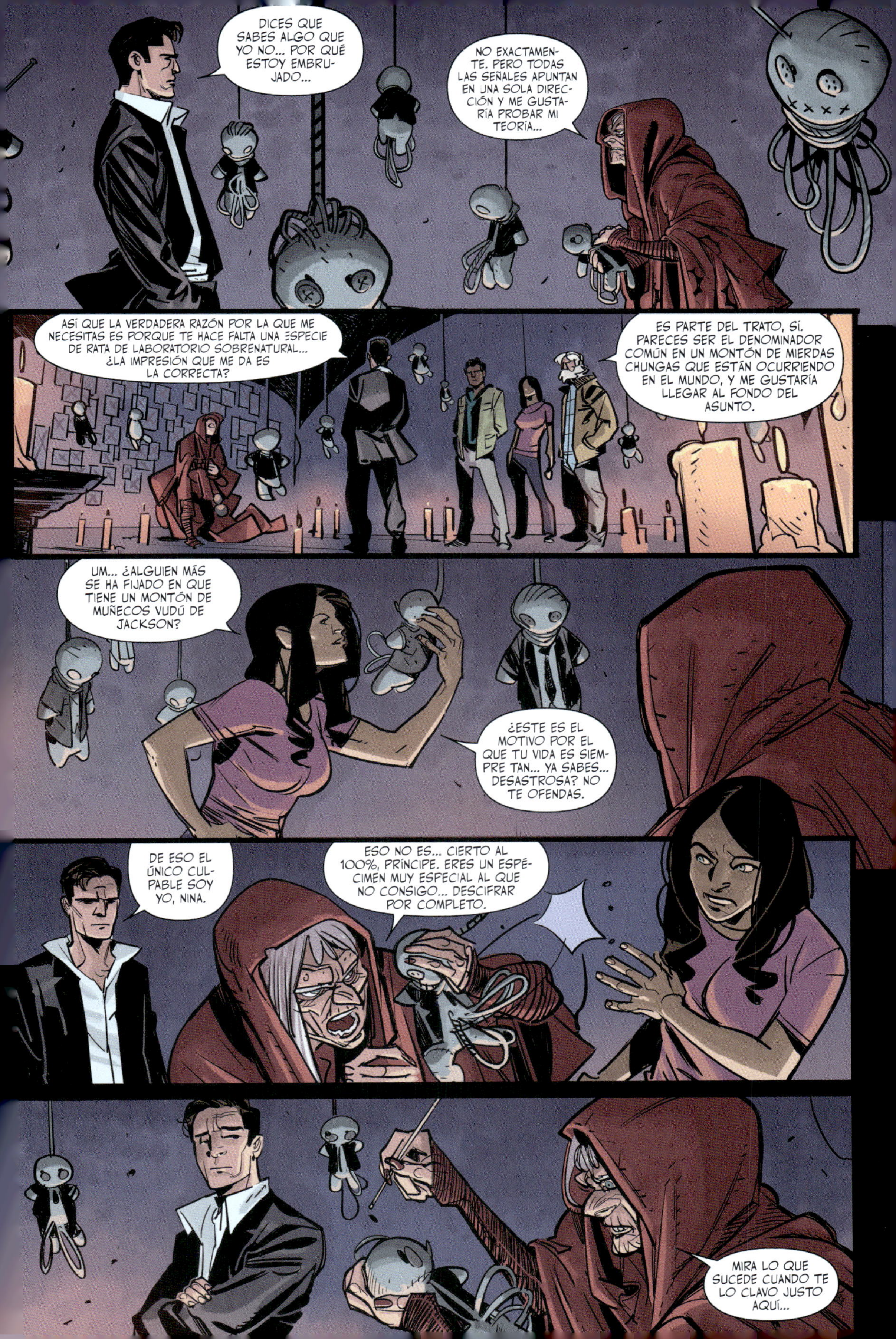
DICES QUE SABES ALGO QUE YO NO... POR QUÉ ESTOY EMBRUJADO...
NO EXACTAMENTE. PERO TODAS LAS SEÑALES APUNTAN EN UNA SOLA DIRECCIÓN Y ME GUSTARÍA PROBAR MI TEORÍA...
ASÍ QUE LA VERDADERA RAZÓN POR LA QUE ME NECESITAS ES PORQUE TE HACE FALTA UNA ESPECIE DE RATA DE LABORATORIO SOBRENATURAL... ¿LA IMPRESIÓN QUE ME DA ES LA CORRECTA?
ES PARTE DEL TRATO, SÍ. PARECES SER EL DENOMINADOR COMÚN EN UN MONTÓN DE MIERDAS CHUNGAS QUE ESTÁN OCURRIENDO EN EL MUNDO, Y ME GUSTARÍA LLEGAR AL FONDO DEL ASUNTO.
UM... ¿ALGUIEN MÁS SE HA FIJADO EN QUE TIENE UN MONTÓN DE MUÑECOS VUDÚ DE JACKSON?
¿ESTE ES EL MOTIVO POR EL QUE TU VIDA ES SIEMPRE TAN... YA SABES... DESASTROSA? NO TE OFENDAS.
DE ESO EL ÚNICO CULPABLE SOY YO, NINA.
ESO NO ES... CIERTO AL 100%, PRÍNCIPE. ERES UN ESPÉCIMEN MUY ESPECIAL AL QUE NO CONSIGO... DESCIFRAR POR COMPLETO.
MIRA LO QUE SUCEDE CUANDO TE LO CLAVO JUSTO AQUÍ...

¡...EN EL CORAZÓN!
QUÉ LÁSTIMA.
NO HA... OCURRIDO... NADA...

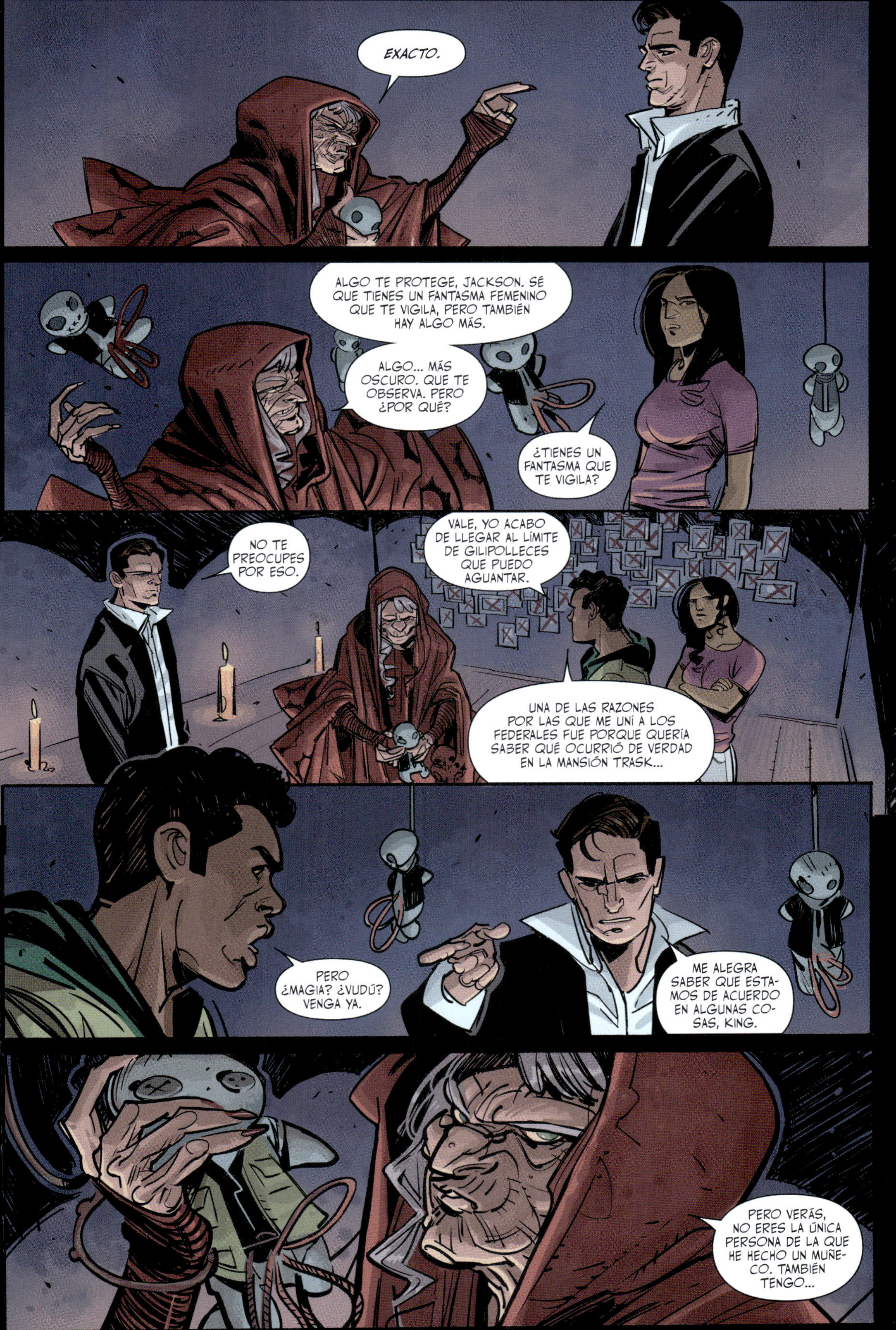
EXACTO.
ALGO TE PROTEGE, JACKSON. SÉ QUE TIENES UN FANTASMA FEMENINO QUE TE VIGILA, PERO TAMBIÉN HAY ALGO MÁS.
ALGO... MÁS OSCURO. QUE TE OBSERVA. PERO ¿POR QUÉ?
¿TIENES UN FANTASMA QUE TE VIGILA?
NO TE PREOCUPES POR ESO.
VALE, YO ACABO DE LLEGAR AL LÍMITE DE GILIPOLLECES QUE PUEDO AGUANTAR.
UNA DE LAS RAZONES POR LAS QUE ME UNÍ A LOS FEDERALES FUE PORQUE QUERÍA SABER QUÉ OCURRIÓ DE VERDAD EN LA MANSIÓN TRASK...
PERO ¿MAGIA? ¿VUDÚ? VENGA YA.
ME ALEGRA SABER QUE ESTAMOS DE ACUERDO EN ALGUNAS COSAS, KING.
PERO VERÁS, NO ERES LA ÚNICA PERSONA DE LA QUE HE HECHO UN MUÑECO. TAMBIÉN TENGO...

...AL SR. KING.
AHORA...
¡...MIRE!
LO QUE TÚ DIGAS. TODA ESTA MIERDA DEL VUDÚ NO ES MÁS QUE UNA SARTA DE BO...
¡AAAH! ¡JODER!

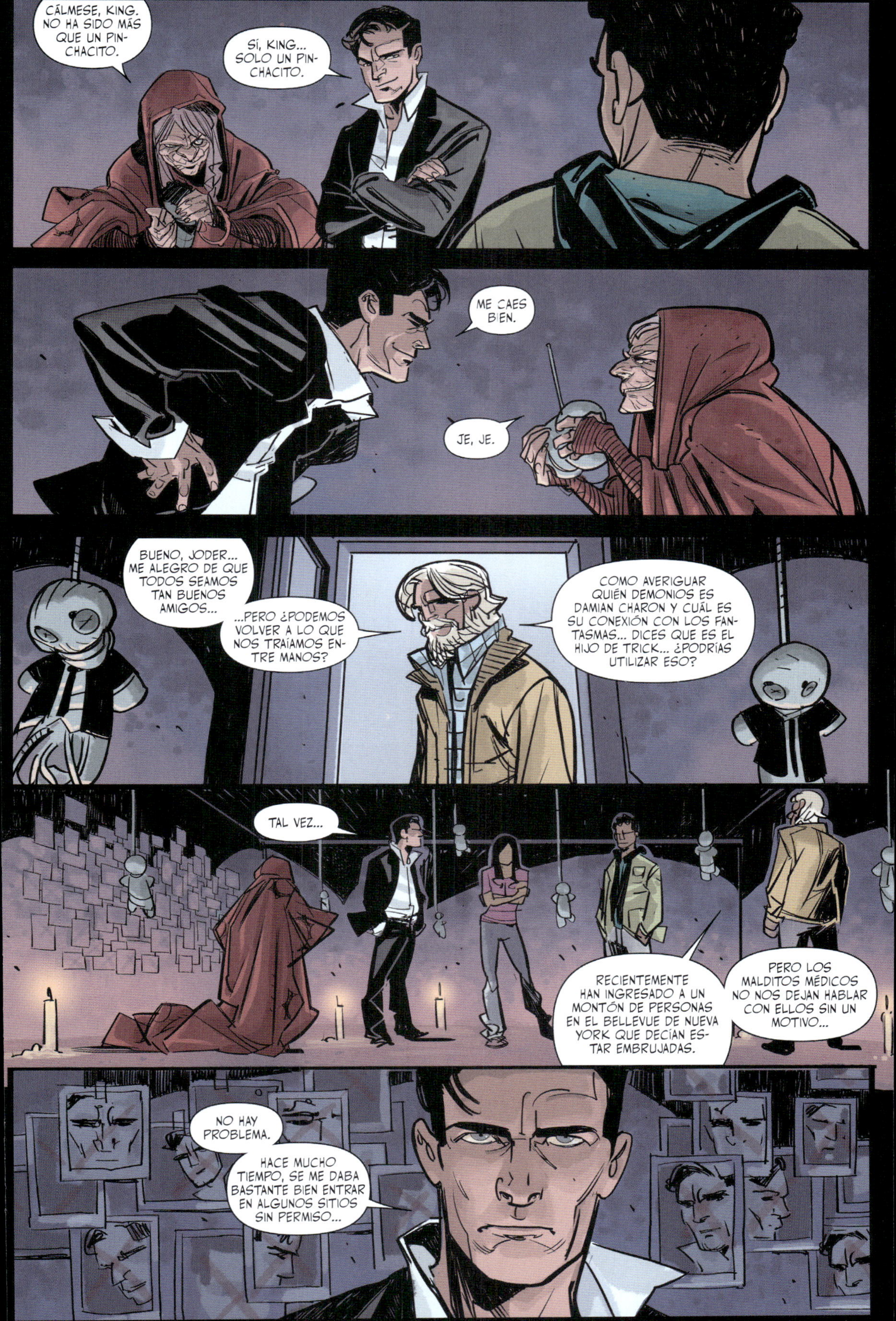
CÁLMESE, KING. NO HA SIDO MÁS QUE UN PINCHACITO.
SÍ, KING... SOLO UN PINCHACITO.
ME CAES BIEN.
JE, JE.
BUENO, JODER... ME ALEGRO DE QUE TODOS SEAMOS TAN BUENOS AMIGOS...
...PERO ¿PODEMOS VOLVER A LO QUE NOS TRAÍAMOS ENTRE MANOS?
COMO AVERIGUAR QUIÉN DEMONIOS ES DAMIAN CHARON Y CUÁL ES SU CONEXIÓN CON LOS FANTASMAS... DICES QUE ES EL HIJO DE TRICK... ¿PODRÍAS UTILIZAR ESO?
TAL VEZ...
RECIENTEMENTE HAN INGRESADO A UN MONTÓN DE PERSONAS EN EL BELLEVUE DE NUEVA YORK QUE DECÍAN ESTAR EMBRUJADAS.
PERO LOS MALDITOS MÉDICOS NO NOS DEJAN HABLAR CON ELLOS SIN UN MOTIVO...
NO HAY PROBLEMA.
HACE MUCHO TIEMPO, SE ME DABA BASTANTE BIEN ENTRAR EN ALGUNOS SITIOS SIN PERMISO...

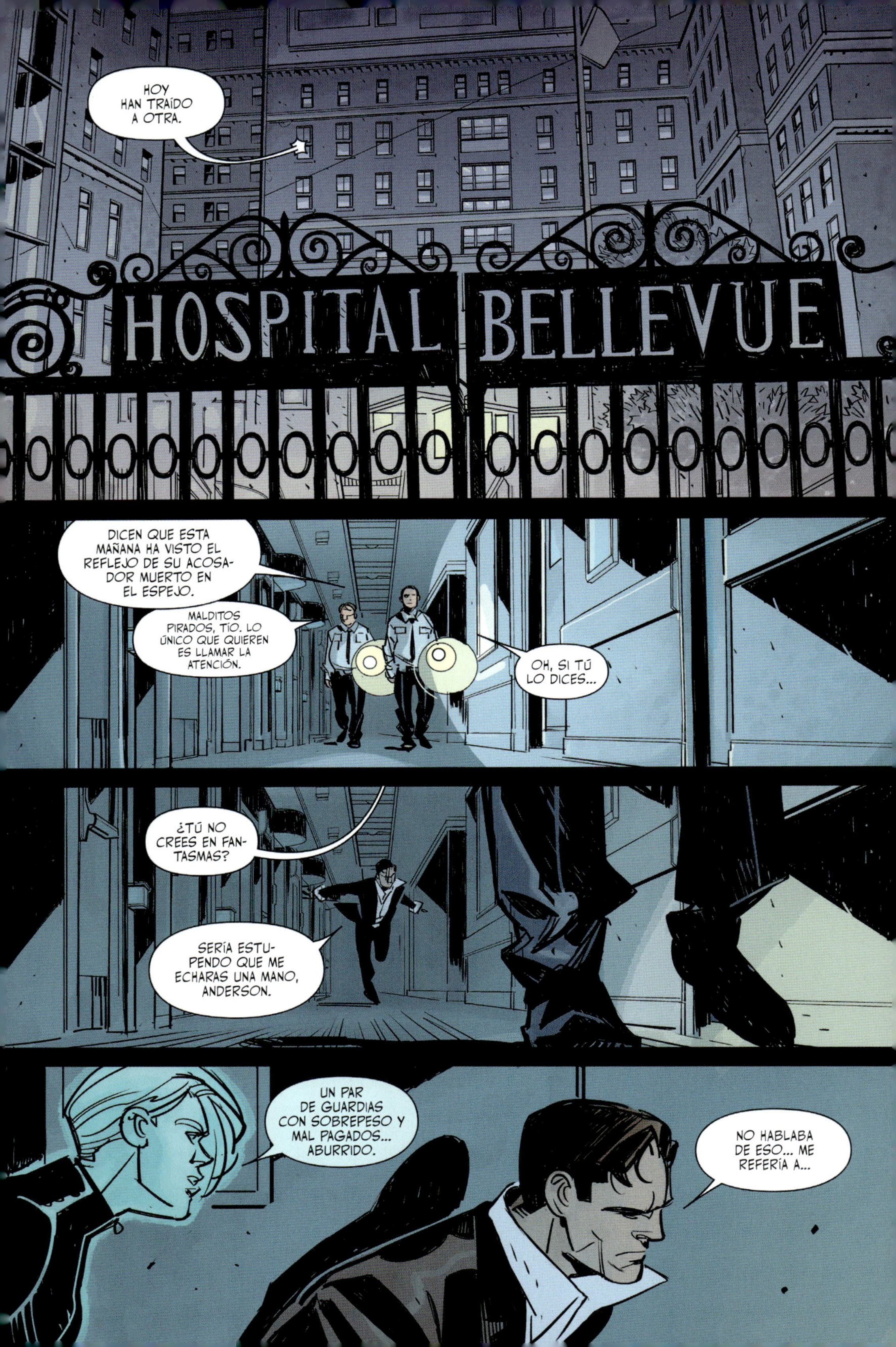
HOY HAN TRAÍDO A OTRA.
HOSPITAL BELLEVUE
DICEN QUE ESTA MAÑANA HA VISTO EL REFLEJO DE SU ACOSADOR MUERTO EN EL ESPEJO.
MALDITOS PIRADOS, TÍO. LO ÚNICO QUE QUIEREN ES LLAMAR LA ATENCIÓN.
OH, SI TÚ LO DICES...
¿TÚ NO CREES EN FANTASMAS?
SERÍA ESTUPENDO QUE ME ECHARAS UNA MANO, ANDERSON.
UN PAR DE GUARDIAS CON SOBREPESO Y MAL PAGADOS... ABURRIDO.
NO HABLABA DE ESO... ME REFERÍA A...

PREMIO... VILLAPIRADOS...
SE SUPONE QUE ESTA GENTE ESTÁ EMBRUJADA. TODOS AL MISMO TIEMPO. NECESITAMOS...
¡EEEEEIIIIII!
¡EEEEEIIIIII!
¡EEEEEIIIII!
MIERDA. ¡ESTO SÍ QUE VA A LLAMAR LA ATENCIÓN!
DEBEMOS DE ESTAR ASUSTÁNDOLES.
¿ESTÁN EMBRUJADOS?

A LO BESTIA.
ESTE SITIO ESTÁ LLENO DE FANTASMAS, PERO... NO SON COMO YO... SON DE COLOR ROJO.
Y PARECEN... BUENO... MUERTOS.
SÍ, SÍ, YA LO PILLO.
PREGÚNTALE A ALGUNO, A VER QUÉ SABE. ¡CHARLA CON ÉL O ALGO! ¡RÁPIDO!
VALE, VALE, HARÉ LO QUE...
...PUEDA.

¡VIENE DE LA SALA DE OBSERVACIÓN!
EEEEIIIIIEEEEEIIIIIEEEEEIIIIIEEEEEIIIII
ESTOS FANTASMAS SON SOLO PENSAMIENTOS VIOLENTOS OBLIGADOS A ESTAR JUNTOS... ALGO NO VA BIEN, JACKSON.
¿¡QUÉ ES LO QUE HAS VISTO!?
UMM... AL HIJO DE TRICK Y UN AS DE PICAS...
¡VAMOS!
EEEEIIIIIEEEEEIIIIIEEEEEIIIII
MIERDA... SÉ DÓNDE ESTÁ... MÁS O MENOS.
EEEEIIIIEEEEEIIIII
¿QUÉ DEMONIOS LES HACE GRITAR...?

¿...ASÍ?
¿SE HAN CALLADO?
¿QUÉ COÑO...?
¿¡CÓMO HAS PODIDO SALTAR LA VALLA!?
POR FAVOR. LLEVO SALTANDO VALLAS DESDE ANTES DE QUE TÚ NACIERAS.
¡SEGURAMENTE PORQUE TU FAMILIA NO QUERÍA TENERTE CERCA!
¡SSSCCCRREEECCCHHH!

¿HAS CONSEGUIDO ALGO?
TENGO POR DÓNDE EMPEZAR. EL AS DE PICAS.
¿QUÉ DEMONIOS SIGNIFICA ESO?
PUES PENSABA QUE YA LO SABRÍAS, SEÑOR SABELOTODO.
"ESE SÍMBOLO ES UN PUNTO DE REFERENCIA PARA... EEEH... LA GENTE QUE TRABAJA EN LO MISMO QUE YO, PERO TAMBIÉN INDICA EL CAMINO HACIA UN CLUB MUY ESPECIAL."
"UNO CUYOS MIEMBROS SON MUY EXCLUSIVOS."
"ENCONTRARLO VA A SER COMPLICADO, PERO SI PREGUNTAMOS A LA GENTE ADECUADA, NOS LLEVARÁ A..."

"...LA CARTA DE LA MUERTE."
NO PIENSES NI POR UN PUTO SEGUNDO QUE VOY A ENTRAR CONTIGO EN OTRA CASA ENCANTADA.
NO ES UNA CASA ENCANTADA, KING.
LA CARTA DE LA MUERTE ES UNA FORMA DE LLAMAR A UNA ZONA SEGURA QUE ESTÁ SIEMPRE EN MOVIMIENTO. NUNCA LA VERÁS EN EL MISMO SITIO DOS VECES NI POR MUCHO TIEMPO.
YA, BUENO...
NO CREO QUE ESE PEQUEÑAJO TE DEJE PASAR.
TÚ OBSERVA.
¡EH, TÚ! ¡CARACHORRA!
ESTO VA A SER DIVERTIDO.

JACKSON!!
¡HIJO DE PUTA CABRONAZO! ¡ME DIJERON QUE HABÍAS MUERTO, HERMANO!
UF... NO HUBO... SUERTE...
ESO NO... ME LO ESPERABA.
¿A QUÉ VIENE ASOMAR TU FEA CARA POR AQUÍ? ¿PLANEAS ALGO GORDO?
¿CÓMO? ¿ES QUE UNO NO PUEDE NI VENIR A VISITAR A SUS VIEJOS AMIGOS?
TE CONOZCO, JACKSON.
SI SE TE OCURRE METERTE EN ALGÚN PUTO LÍO CHUNGO DE LOS TUYOS AHÍ ABAJO, TE ROMPO LAS RODILLAS... OTRA VEZ.
NADA DE LÍOS CHUNGOS, TE LO JURO. QUE ME MUERA SI NO ES ASÍ.
¿TODOS TUS AMIGOS SON DELINCUENTES?
TIENES QUE TENER AFINIDAD CON TUS COMPAÑEROS DE TRABAJO. VALE...
CUANDO ENTREMOS AHÍ, NO TOQUÉIS NADA, Y POR EL AMOR DE DIOS, SOBRE TODO...

...NO COMPRÉIS NADA.
¿ESTE ES ESE ESTÚPIDO MERCADO NEGRO SOBRENATURAL DEL QUE SIEMPRE ESTABA HABLANDO TRICK?
¿ESTO? ¿CÓMO SE LE PUEDE LLAMAR CLUB ESPECIAL A UNA PANDA DE FRACASADOS QUE INTERCAMBIAN BARATIJAS Y FALSIFICACIONES?
NUNCA LO ENTENDERÁS, KING.
ESTO ES REPUGNANTE.
NINA... SI QUIERES SER PARTE DEL EQUIPO, VAS A TENER QUE ACOSTUMBRARTE A ANTROS COMO ESTE.
¿QUIÉN HA DICHO QUE QUIERA SER PARTE DEL EQUIPO? ¡TODOS LOS QUE SE UNEN TERMINAN MUERTOS!
YO NO... AMBOS SABEMOS QUE HAS ESTADO UN POCO MIMADA, Y ES EVIDENTE QUE WENONA SANGRE DE CUERVO NO TE ENSEÑÓ NADA SOBRE EL MUNDO REAL... ASÍ QUE...
¿AHORA ME VES COMO A TU HIJA? ¿ES ESO?
NUNCA HE QUERIDO TENER HIJOS. NO PUEDO TRAER A NADIE A ESTE MUNDO SI YO QUIERO IRME, ¿VALE?
¿HAS ESTADO CASADO?
UNAS CUANTAS VECES.
¿Y QUÉ OCURRIÓ?

YO OCURRÍ.
AHÍ LE TENEMOS. AHÍ ESTÁ...

"...EL HIJO DE TRICK."
Y AHORA, PARA EL SIGUIENTE TRUCO...
...ALGO QUE PUEDE PARECER MUY SENCILLO...
...PERO QUE PARA NADA ES LO QUE ESPERÁIS.
LLEVAS IMANES EN LOS GUANTES.
¿QUIÉN OSA INTERRUMPIR AL GRAN...?

¡JACKSON!
¡DANNY!
OYE, POR AQUÍ MEJOR LLÁMAME DAMIAN CHARON, ¿EH?
ESO ME HAN DICHO... ES UNA BROMA, ¿VERDAD?
ATRAE A LA CLIENTELA. LES GUSTA UN POCO DE TEATRALIDAD, ¿SABES?
VRROMM
¿TODAVÍA QUEDÁIS MI PADRE Y TÚ DE VEZ EN CUANDO?
DE HECHO, ESO ES ALGO DE LO QUE QUERÍA HABLAR CONTIGO. ¿PODEMOS SALIR DE AQUÍ Y CHARLAR UN RATO?
UM, SÍ, CLARO... PERO ANTES...
...TENGO QUE VENDER UNAS CUANTAS COSAS CHULAS QUE... EEEH... CONSEGUÍ HACE POCO.

¿VES ESTO? NO PUEDES NI IMAGINARTE EL PODER QUE CONTIENE ESTA PEQUEÑA.
LOS IMBÉCILES A LOS QUE SE LA ROBÉ LA USABAN PARA COLOCARSE, JACKSON. NO TENÍAN NI IDEA DE LO QUE TENÍAN EN SUS MANOS REALMENTE.
ME PIDIERON QUE PREPARARA ALGUNOS HECHIZOS, PERO DECIDÍ QUE ANTES ME IBA A DIVERTIR UN POCO CON ELLAS.
¡EH! YA SABÉIS QUE AQUÍ NO SOIS BIENVENIDOS, TÍOS...
¿A QUIÉN SE LA HAS BIRLADO?
JACKSON... CONOZCO ESAS VELAS. SI LA HA SACADO DE DONDE YO CREO...

¡BANG!
¡SPT!
"...ESTAMOS EN UN BUEN LÍO."
¿Y QUÉ HECHIZOS SON? CUÉNTAME TODOS LOS DETALLES.
OH, TE VAN A ENCANTAR, JACKSON, PERO...
¿QUIÉNES SON ESTOS ESTIRADOS QUE VIENEN CONTIGO? ESAS VELAS VALEN UNA BUENA PASTA. CUALQUIER PRECAUCIÓN ES POCA. HAY GENTE QUE ME ESTÁ...
¡BANG BANG BANG!
¡EEIII!
¡ESTO SE EMPIEZA A PONER CHUNGO, JACKSON!
MIERDA. ¡ESTÁN AQUÍ!
¿¡QUIÉNES!?
¡ES LO QUE INTENTABA DECIRTE!
LA GENTE QUE ME ESTÁ...

...BUSCANDO.
CREÍAS QUE PODÍAS ROBARNOS, ¿EH?
LLEVARTE LO QUE ES NUESTRO.
¿CREES QUE NO NOS HEMOS ENTERADO DE LO QUE PRETENDES HACER, CABRONCETE?
¡EH! ESE "CABRONCETE" VIENE CONMIGO.
PODRÍA DEJAR QUE ESOS *HEAVIES* TE MATARAN, PERO LLEVO AÑOS QUERIENDO VENGARME DE ELLOS.
ESTO VA A SER DIVERTIDO.

CAPÍTULO CUATRO

PANOSIAN

Me acuerdo de la primera vez que estuve en un tiroteo.
No era la primera vez que usaba una pistola o que mataba a alguien... aunque esas historias las dejaremos para otro día.
Pero ese primer tiroteo fue en un atraco que... bueno, yo no diría que salió mal. Nos llevamos las joyas. Pero fue ahí donde aprendí algo muy importante.
La mayoría de las personas que llevan un arma son pésimos tiradores. Tienen una puntería horrible. Todos somos soldados de asalto intentando perseguir a Han y Chewbacca, ¿sabéis?
Y lo más sorprendente era eso. Había más balas volando por el aire de las que había visto en toda mi vida, pero...
...No murió nadie. De hecho, ni siquiera hubo heridos. Ni una sola gota de sangre.

Pues esto no se le parece en nada.
¡FWWOOSSH!
¿¡ESE ES EL FANTASMA DEL QUE HABLABA LA BRUJA!?
¡SÍ!
¡BANG BANG BANG!
¡BLAMBLAMBLAM!
¡RAH!
¿ANDERSON?

¡BANG!
¡BANG BANG!
¡DIOS, KING!
¡AGÁCHATE!
MIERDA, TÍO. ESPABILA DE UNA VEZ.
ANDERSON... ESTÁ... PERO ME DIJISTE QUE HABÍA MUERTO...
¿CREÍAS QUE PODÍAS ROBARNOS? TE DIMOS LAS VELAS POR UNA RAZÓN! NO SON VELAS NORMALES.
¡SON LAS CHISPAS DE LAS INMACULADAS, NACIDAS DE LA SANGRE DE LAS INOCENTES!
¡BANGBANGBANG!
¡PUEDO EXPLICARLO!
MALDITA SEA, SI DEJO QUE ESOS MOTEROS SE LARGUEN CON EL HIJO DE TRICK...
...JAMÁS ME LO PODRÉ PERDONAR.

JODER.
¡SPT!
PENSABA QUE, CUANDO ALGUIEN COMO TÚ ENTRABA EN UNA IGLESIA, EL QUE ARDÍA ERA ÉL Y NO EL EDIFICIO.
¿¡CÓMO VA A SER ESTO CULPA MÍA, NINA!?
YA HEMOS OÍDO SUFICIENTES GILIPOLLECES, MAGO. TE VIENES CON NOSOTROS.
¡BANGBANGBANG!
MALDITA SEA, SE ESCAPAN.
¿¡Y QUÉ!? ¡DÉJALES QUE SE VAYAN!
KING ESTÁ PERDIENDO EL JUICIO, ASÍ QUE VOY A SACARLE FUERA. ¿¡VIENES!?
AÚN NO...

¿YA CONOCÍAS A ESTOS HIJOS DE LA ANARQUÍA DE SEGUNDA DIVISIÓN?
FUE ANTES DE EMPEZAR A TRABAJAR CON MARKUS.
SACRIFICAN VÍRGENES PARA ELABORAR ESAS VELAS ROJAS CON SU SANGRE, JACKSON.
ME IMPORTA...
...UNA MIERDA.
NO ES REAL... NADA DE ESTO ES REAL.
TIENE QUE SER EL PLOMO QUE USABAN EN LA PINTURA DE LAS IGLESIAS ANTIGUAS... ESO ES LO QUE NOS HACE ALUCINAR A TODOS.
¡DIOS, SÉ QUE HAS VISTO COSAS PEORES QUE ESTA!
¡SUPÉRALO!
PERO ELLA ERA UN FANTASMA... ¿QUÉ... QUÉ...?
¿DÓNDE ESTÁ JACKSON?

¡VVRRROOOMMMM!
¿SABES...? CREO QUE DEBERÍAS PONERTE EL CASCO.
ESTARÉ BIEN.
A POR ELLOS.
SI TE HUBIESES LIMITADO A HACER SOLO LO QUE ACORDAMOS, NOS HABRÍAMOS EVITADO TODO ESTO.
PERO NO... ¡TENÍAS QUE INTENTAR JODERNOS!

¡SCCREEEE!
¡MIERDA!
MALDITA SEA, CHICO. ESTATE QUIETO.
SCCREECCCH
AQUÍ SUCEDE ALGO MUCHO MÁS COMPLICADO DE LO QUE CREES.
TU AMIGO FIRMÓ UNOS CUANTOS CHEQUES QUE AHORA NO PUEDE RESPALDAR, ¿ENTIENDES?

BANG
ME DA IGUAL.
¡BANG BANG BANG!

¡AH!
¡CHT!
¿TE IMPORTARÍA EXPLICARME DE QUÉ IBA TODO ESTO? ¿EN QUÉ CLASE DE LÍO TE HAS METIDO?
¿¡JACKSON!?
NUNCA TE VUELVAS A ALEJAR DE MI VISTA, ¿ENTENDIDO? SALIR CORRIENDO A PERSEGUIR MOTEROS...
NO ERES MI NIÑERA, KING.
SÍ, SÍ QUE LO SOY. ESO ES EXACTAMENTE LO QUE SOY.
¡Y TÚ!
¡PARA TRATARSE SOLO DE UNAS VELAS, A MÍ ME HA PARECIDO UNA REACCIÓN BASTANTE EXAGERADA!
TE JURO QUE ES LO ÚNICO QUE QUERÍAN.
¡Y UNA MIERDA!
¿OS ACORDÁIS DEL MOTIVO POR EL QUE BUSCÁBAMOS A ESTE TÍO? SE LE HA VISTO EN MÚLTIPLES APARICIONES... ¡Y AHORA RESULTA QUE LE PERSIGUEN UNOS MOTEROS ASESINOS!
JACKSON... ¡SÉ QUE AHORA MISMO ME ODIAS, PERO NO PUEDES ESTAR TAN CIEGO!
KING TIENE RAZÓN. TENGO LA CORAZONADA DE QUE ALGO NO VA... BIEN.
ES EL HIJO DE TRICK... TENGO QUE OÍR SU VERSIÓN DE LOS HECHOS.
VOY A LLAMAR A CREED.

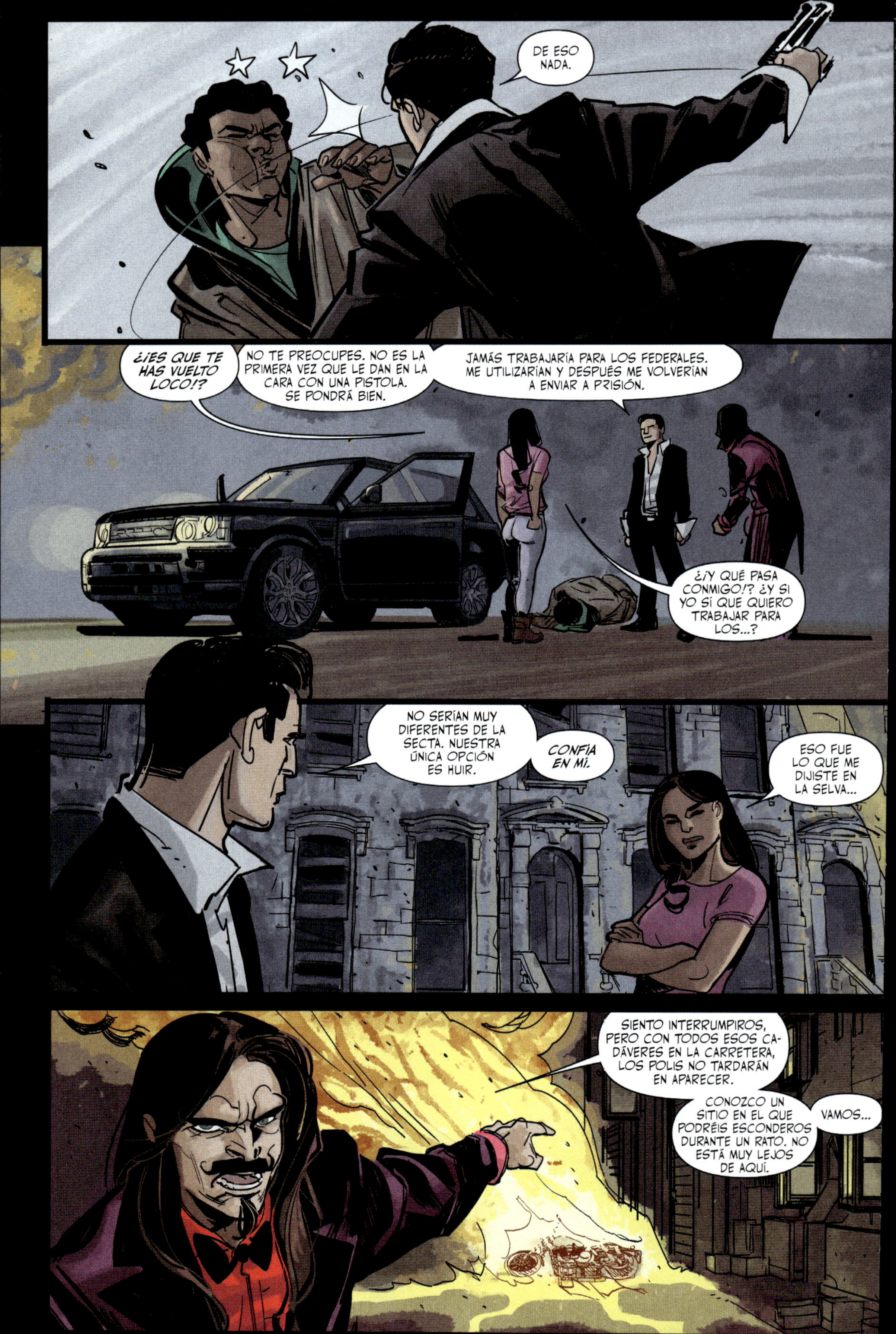

DE ESO NADA.
¿¡ES QUE TE HAS VUELTO LOCO!?
NO TE PREOCUPES. NO ES LA PRIMERA VEZ QUE LE DAN EN LA CARA CON UNA PISTOLA. SE PONDRÁ BIEN.
JAMÁS TRABAJARÍA PARA LOS FEDERALES. ME UTILIZARÍAN Y DESPUÉS ME VOLVERÍAN A ENVIAR A PRISIÓN.
¿¡Y QUÉ PASA CONMIGO!? ¿Y SI YO SÍ QUE QUIERO TRABAJAR PARA LOS...?
NO SERÍAN MUY DIFERENTES DE LA SECTA. NUESTRA ÚNICA OPCIÓN ES HUIR.
CONFÍA EN MÍ.
ESO FUE LO QUE ME DIJISTE EN LA SELVA...
SIENTO INTERRUMPIROS, PERO CON TODOS ESOS CADÁVERES EN LA CARRETERA, LOS POLIS NO TARDARÁN EN APARECER.
CONOZCO UN SITIO EN EL QUE PODRÉIS ESCONDEROS DURANTE UN RATO. NO ESTÁ MUY LEJOS DE AQUÍ.
VAMOS...

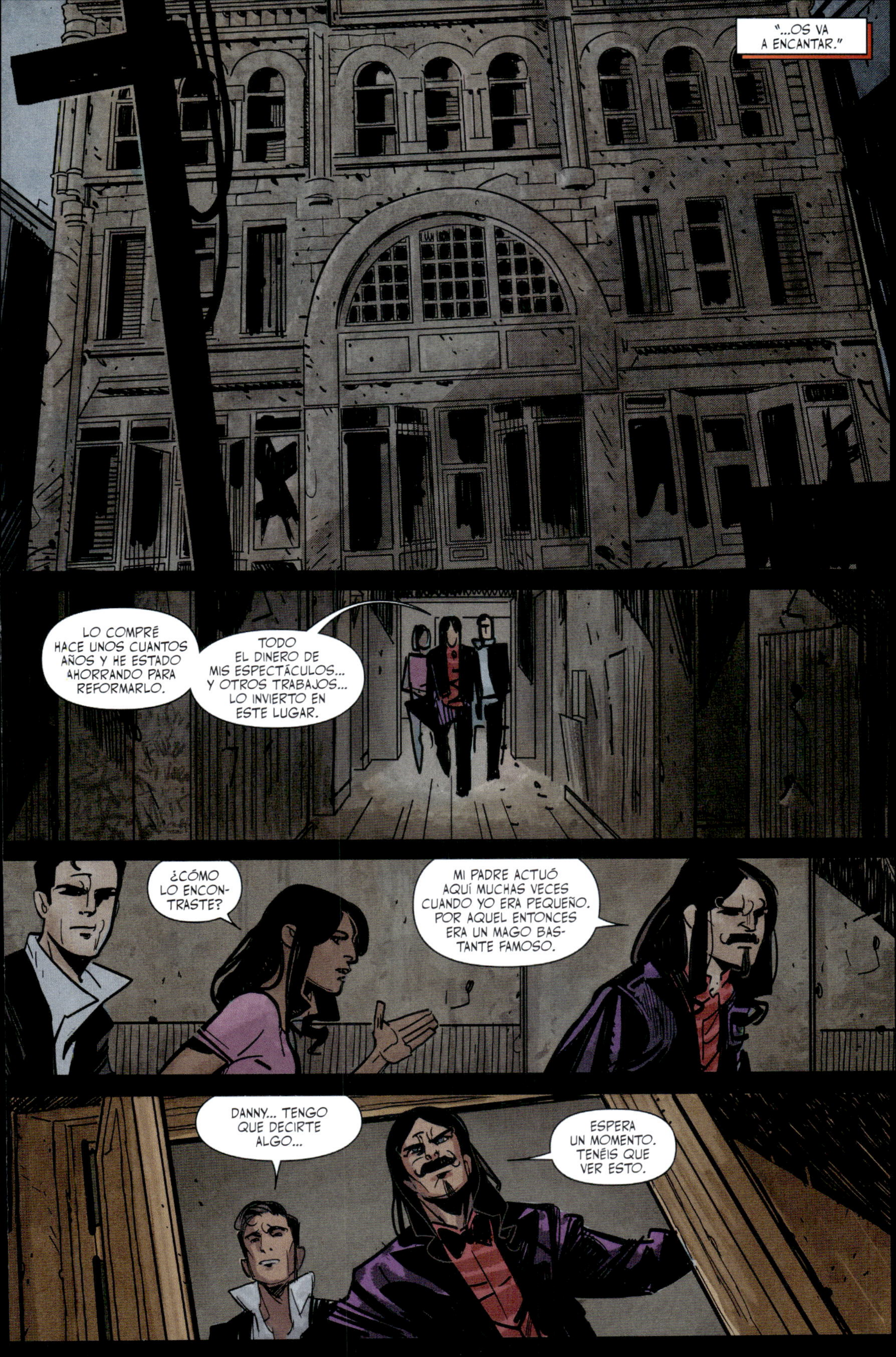
"...OS VA A ENCANTAR."
LO COMPRÉ HACE UNOS CUANTOS AÑOS Y HE ESTADO AHORRANDO PARA REFORMARLO.
TODO EL DINERO DE MIS ESPECTÁCULOS... Y OTROS TRABAJOS... LO INVIERTO EN ESTE LUGAR.
¿CÓMO LO ENCONTRASTE?
MI PADRE ACTUÓ AQUÍ MUCHAS VECES CUANDO YO ERA PEQUEÑO. POR AQUEL ENTONCES ERA UN MAGO BASTANTE FAMOSO.
DANNY... TENGO QUE DECIRTE ALGO...
ESPERA UN MOMENTO. TENÉIS QUE VER ESTO.

¡TACHÁN!
MI PADRE PODRÍA HABER SIDO UN MAGO BASTANTE BUENO. SABÍA LO QUE HACÍA, PERO SIEMPRE TUVO MIEDO DE USAR SUS VERDADEROS CONOCIMIENTOS ARCANOS EN SUS NÚMEROS.
PERO YO NO TENGO MIEDO.
ME MUERO DE GANAS DE VER LA CARA DE MI PADRE CUANDO ESTÉ EN UN ESCENARIO DE LAS VEGAS, HACIENDO EL MEJOR NÚMERO DE TODOS LOS TIEMPOS.
DANNY...
NI TE IMAGINAS ALGUNOS DE LOS... TRUCOS QUE HE CREADO.
MI PADRE SE MORIRÍA DE ENVIDIA... TENGO UN NUEVO NÚMERO DE DESAPARICIÓN QUE HARÁ QUE...
¡DANNY!
TRICK... TU PADRE...
ESTÁ MUERTO.
MURIÓ.

¿QUÉ?
¡MALDITA SEA!
VAYA... JACKSON... ¿TE ACUERDAS DE MI CORAZONADA...?
¿QUÉ ESPERABAS? SE LE PASARÁ. SE ACABA DE ENTERAR DE QUE SU PADRE HA MUERTO...
¡NO!
LO SIENTO, DANNY.
TU PADRE...

¡TE PILLÉ!
DANNY...
SABÍA QUE NO ERAS MÁS QUE UN...
SILENCIO.
TZZZ
HM...
ES LA HORA DEL ESPEC- TÁCULO.

¡JACKSON!
¡DES-PIERTA!
¡NO MORÍ EN LA SELVA Y TENGO MÁS CLARO QUE LA HOSTIA QUE NO VOY A MORIR ASÍ!
¡DES-PIERTA!
VALE, VALE... ¿QUÉ...? ¿CÓMO...?
OH, BIEN. YA CASI ES LA HORA DE ABRIR EL TELÓN.
¿NOS HA CAMBIADO DE ROPA?
¡SÍ, ASÍ ES! ESTE TIPO ESTÁ ENFERMO, JACKSON. ENFERMO DE VERDAD.
LAMENTO MUCHO TODO ESTO, PERO TENÍAIS QUE ESTAR PRESENTABLES PARA EL ESPECTÁCULO.
BIENVENIDOS...

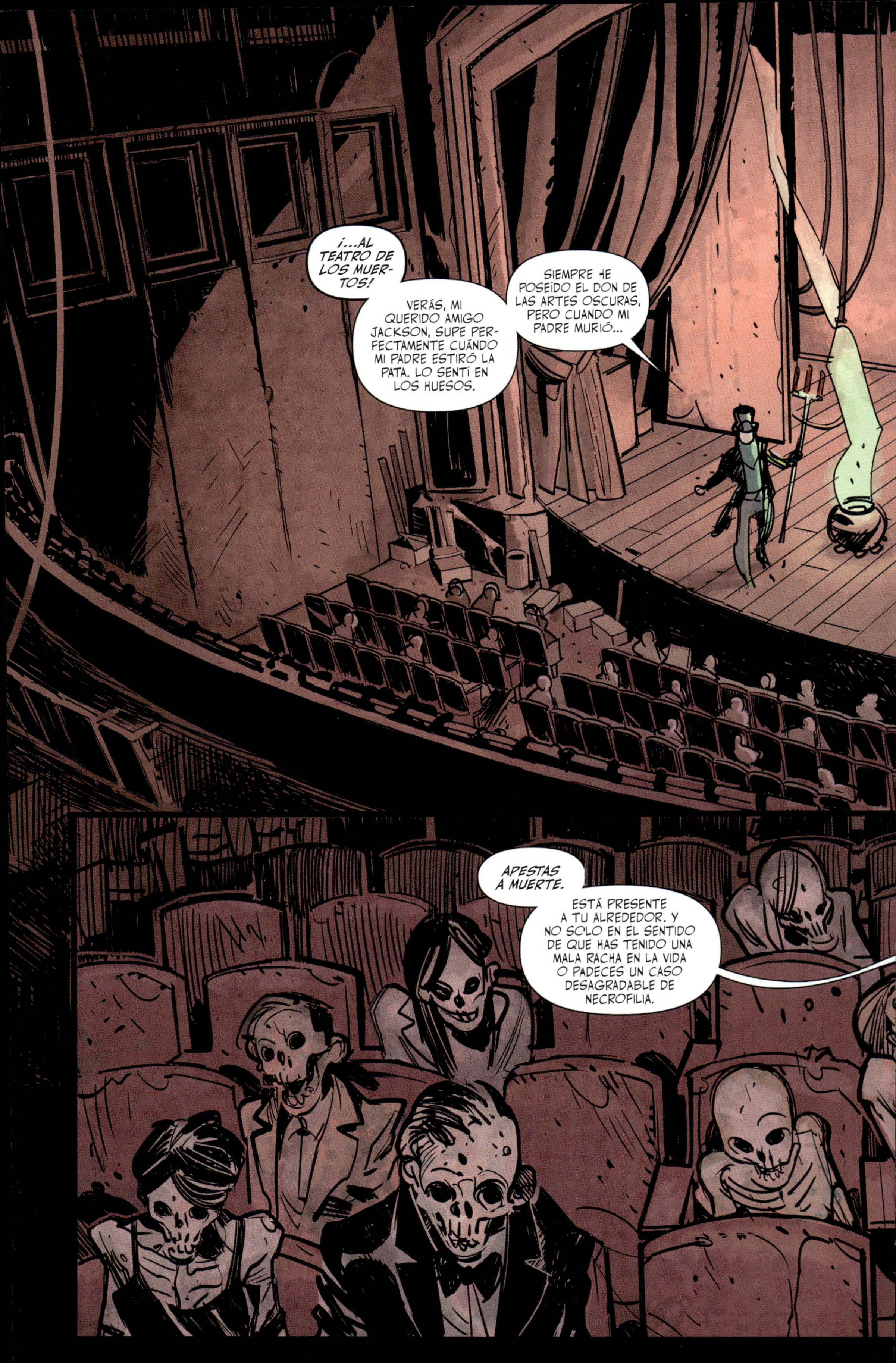
¡...AL TEATRO DE LOS MUER-TOS!
VERÁS, MI QUERIDO AMIGO JACKSON, SUPE PERFECTAMENTE CUÁNDO MI PADRE ESTIRÓ LA PATA. LO SENTÍ EN LOS HUESOS.
SIEMPRE HE POSEÍDO EL DON DE LAS ARTES OSCURAS, PERO CUANDO MI PADRE MURIÓ...
APESTAS A MUERTE.
ESTÁ PRESENTE A TU ALREDEDOR. Y NO SOLO EN EL SENTIDO DE QUE HAS TENIDO UNA MALA RACHA EN LA VIDA O PADECES UN CASO DESAGRADABLE DE NECROFILIA.

BUM. UN TORRENTE DE LA ANTIGUA MAGIA DE MI QUERIDO PADRE ME INUNDÓ.
ÉL NUNCA TE EXPLICÓ TODAS ESTAS COSAS TAN DIVERTIDAS, ¿A QUE NO? ES COMO SI SE AVERGONZASE DE SU PODER.
PERO CUANDO ENTRASTE EN EL MERCADO NEGRO, PUDE SENTIR OTRO TIPO DE PODER.
TÚ, JACKSON.
NO. ESTÁS CONECTADO CON EL MÁS ALLÁ DE UNA MANERA QUE NUNCA HE VISTO EN NINGUNO DE MIS VIAJES... Y ESO QUE HE VISTO ALGUNAS MIERDAS BASTANTE JODIDAS.
INCLUSO AHORA, RODEADO DE MI QUERIDO PÚBLICO, TÚ DESTACAS.
TENÍA QUE TRAERTE HASTA AQUÍ PARA VER POR QUÉ, PARA VER EXACTAMENTE QUÉ HAY DENTRO DE TI.

¿LES HAS... LES HAS...?
¿...MATADO?
NO. SE HAN SUICIDADO, COMO PARTE DE UN PEQUEÑO ACUERDO AL QUE LLEGAMOS.
VERÉIS... ESTAS VELAS OFRECEN TODO TIPO DE TRUCOS ESPECIALES, INCLUIDO UN MARAVILLOSO HECHIZO DISEÑADO POR MÍ AL QUE LE HE PUESTO EL NOMBRE DE "DESEO SUICIDA".
SOLO EXIGE UN PEQUEÑO SACRIFICIO RITUAL. EL SACRIFICIO DEFINITIVO, EN REALIDAD.
DESPUÉS DE MUERTOS, PUEDEN ATORMENTAR A QUIEN QUIERAN, CUANDO QUIERAN Y COMO QUIERAN. EL ACOSO ETERNO. ES VERDAD QUE TIENEN QUE MORIR PARA CONSEGUIRLO, PERO...
¡...ME ADORAN POR ELLO!

¿PODÉIS OÍR LA OVACIÓN?
¿¡LOS APLAUSOS!?
PERO...
YO NO ELEGÍ SER MAGO. "EL NEGOCIO FAMILIAR", DECÍA MI PADRE. ES LO QUE ME CONDUJO POR ESTE CAMINO...
EN LA VIDA NUNCA TIENES EL CONTROL ABSOLUTO... PERO NI SIQUIERA EN LA MUERTE HAY LIBERTAD.
¿CIELO O INFIERNO? ¿FANTASMA O LIMBO? SON OTROS LOS QUE ELIGEN POR TI.
PERO YO PUEDO OFRECERTE UNA ALTERNATIVA. POR UNA PEQUEÑA CUOTA... PUEDO CONVERTIRTE EN UN FANTASMA.
HABLANDO DE FANTASMAS... TE HAS OLVIDADO DE MI AMIGUITA.
YO NO DIRÍA QUE SOMOS AMIGOS, PERO AUN ASÍ ESTE CABRÓN VA A...
¡...MO-RIR!

PARA.
TE ESTÁS PONIENDO EN EVIDENCIA.
VERÁS, ESTO FORMA PARTE DE MI HECHIZO ESPECIAL. MIENTRAS TENGA ESTAS VELAS DE SANGRE, PUEDO CONTROLAR A LOS FANTASMAS QUE ME RODEAN.
EN PARTE, ES ASÍ COMO ESTABLEZCO UN VÍNCULO ENTRE LOS FANTASMAS Y SUS... SERES QUERIDOS.
¿¡QUÉ ES LO QUE QUIERES, DANNY!?
NO SE TRATA DE LO QUE YO QUIERA, SINO DE LO QUE QUIERES TÚ. MORIR Y DESCANSAR EN PAZ, ¿NO?
DESPUÉS DE TU MUERTE, PODRÉ VER CUÁL ES TU VERDADERA CONEXIÓN CON EL SUEÑO ETERNO, PERO PRIMERO TENDRÁS QUE...
...SUICIDARTE.

CAPITULO CINCO

PANOSIAN

¿HAY ANTECEDENTES DE ENFERMEDADES MENTALES EN TU FAMILIA?
¿ALGÚN SÍNTOMA SIMILAR EN EL PASADO?
¿SARAH?
NO... NO, ¿VALE? NI SIQUIERA CREÍA EN FANTASMAS.
PERO AHORA... PUEDO SENTIR SUS OJOS SOBRE MÍ.
VIGILÁNDOME... SÉ QUE CREÉIS QUE ESTOY LOCA, PERO... ES LA VERDAD.
NUNCA MÁS VOLVERÉ A ESTAR SOLA. JAMÁS PODRÉ...

"...SER LIBRE."
¿QUE QUIERES QUE HAGA QUÉ?
¿ESTÁS CHIFLADO?
¿POR QUÉ TE LO TOMAS TAN A LA TREMENDA, JACKSON? ¿NO ES ESO LO QUE SIEMPRE HAS DESEADO?
¿MORIR?
TE OFREZCO LA OPORTUNIDAD DE ELEGIR TU PROPIA MUERTE.
SI LO HACES... PUEDO USAR MIS VELAS DE SANGRE PARA CONCEDERTE UN DESEO SUI-CIDA.
HE AYUDADO A DECENAS DE PERSONAS ANTES QUE A TI.
¿QUÉ ES LO QUE SACAS TÚ DE TODO ESTO, CHARON?
¿ALGÚN TIPO DE PLACER ENFERMIZO?

ESO NO ES MÁS QUE LA PUNTA DEL ICEBERG, NINA.
LAS PERSONAS A LAS QUE AYUDÉ A PASAR LA ETERNIDAD ATORMENTANDO A SUS... SERES QUERIDOS... SÍ QUE ME GENERARON DINERO CONTANTE Y SONANTE, PERO VERÁS...
...LAS ALMAS FURIOSAS QUE SE LIBERAN DEL PLANO MORTAL SON LA BASE DE LA MAGIA Y LO SOBRENATURAL. EN POCAS PALABRAS... LOS FANTASMAS SON PODER.
¿¡Y ESO QUÉ TIENE QUE VER CON JACKSON!?
ALGUNA GRAN FUERZA OSCURA DE LA NATURALEZA AHÍ FUERA NO QUIERE QUE MUERA... LO CUAL ME INDICA QUE SU FANTASMA TIENE QUE SER EXTRAORDINARIO.
SI FUESE CAPAZ DE CONTROLAR AL FANTASMA DE JACKSON, MI ESPECTÁCULO SUBIRÍA DE NIVEL.
ME CONVERTIRÍA EN EL MAGO MÁS GRANDE QUE EL MUNDO JAMÁS HAYA CONOCIDO.
EL PROBLEMA ES QUE MIS DESEOS SUICIDAS SOLO FUNCIONAN SI EL DESTINATARIO DECIDE PONER FIN A SU VIDA. ¿COMPRENDES MI DILEMA?
ERES IGUAL QUE TODOS LOS DEMÁS ESTAFADORES CON LOS QUE HE TENIDO QUE TRATAR ÚLTIMAMENTE... MARKUS, SANGRE DE CUERVO, EL MAESTRO... TRATÁIS DE DECIRME CÓMO TENGO QUE VIVIR MI VIDA.
MI HORA LLEGARÁ CUANDO YO LO DIGA, ASÍ QUE TE DARÉ LA MISMA RESPUESTA QUE LES DI A ELLOS...
VETE A TOMAR POR EL CULO.
AH, BUENO... MERECÍA LA PENA INTENTARLO.
¡PASAREMOS DIRECTAMENTE AL TERCER ACTO!
¡VENID A MÍ, FANTASMAS!

¿QUÉ TE PARECE ESTO, JACKSON?
VAMOS A HACER UN ESPECTÁCULO JUNTOS. ¡TU SOLITARIO ESPÍRITU VENGADOR CONTRA MI GRUPO DE *POLTERGEISTS* LOCOS! MIENTRAS LAS VELAS DE SANGRE ESTÉN ENCENDIDAS, SERÉ YO QUIEN CONTROLE SU FURIA ASESINA Y LA DIRIJA HACIA TU QUERIDA AYUDANTE ANDERSON.
SI GANO YO... MATARÉ A TU AMIGUITA NINA... Y TE OBLIGARÉ A MIRAR.
SI GANAS TÚ...
¿ANDERSON...?
NO FINJAS QUE ESTÁS PREOCUPADO. Y ADEMÁS...
...HA DICHO QUE SOY TU "AYUDANTE". SOLO POR ESO YA SE MERECE QUE LE DESTRIPE.

¡...ENTONCES PODRÉ VER LO QUE OCURRE EN LA OTRA VIDA EN PRIMERA PERSONA!
Y AHORA VEAMOS...
...SI UN FANTASMA PUEDE MORIR DOS VECES.
¡LA HORA DEL ESPECTÁCULO!
¿¡CREÉIS QUE PODÉIS MATARME, MALDITOS ENGENDROS!?
¡EL ENTRENAMIENTO BÁSICO ERA MÁS MORTÍFERO QUE VOSOTROS!

CHARON... ESPERA...
¿QUIERES A ALGUIEN CON UN FANTASMA CHUNGO DE COJONES?
YO ESTUVE POSEÍDA UNA VEZ POR UN PODEROSO BRUJO DEMONIO LLAMADO SANGRE DE CUERVO...
SANGRE DE CUERVO. OH... NO, ES INTERESANTE.
VEN, VAMOS A BAILAR...
Y NADA DE TONTERÍAS O LE DIGO A UNO DE MIS FANTASMAS QUE TE ARRANQUE TU LINDA CABECITA.
¡AH!
DIME, QUERIDA... ¿CÓMO FUE?
PUES... PERDÍ EL CONTROL Y LA PARTE MÁS OSCURA DE MI SER ASUMIÓ EL MANDO.
SUENA LIBERADOR.
DANNY...
TU PADRE SIEMPRE SUPO QUE HABÍA ALGO EN TI QUE NO IBA BIEN. ¡QUE ESTABAS MAL DE LA CABEZA!
PERO ESTÁ MUERTO, ¿NO?
Y TODO PORQUE ELIGIÓ SER AMIGO TUYO.

TIENES... ¡TIENES RAZÓN!
PERO TU PADRE SABÍA QUIÉN ERA YO Y EL AURA DE MUERTE QUE ME RODEABA. ¿Y SABES QUÉ?
¡SE QUEDÓ A MI LADO!
Y A PESAR DE QUE ERA AUTÉNTICA ESCORIA...
¡...SEGUÍA SIENDO UN HOMBRE MUCHO MEJOR DE LO QUE TÚ Y YO SEREMOS NUNCA!
¡ESO NO SON MÁS QUE MENTIRAS!
MI PADRE NO SE PARECE EN NADA A MÍ. ¡NO ERA MÁS QUE UN FRACASADO QUE ABANDONÓ A SU FAMILIA PARA PODER CONVERTIRSE EN LADRÓN!
SON... DEMASIADOS.
VALE, ¿POR DÓNDE ÍBAMOS ANTES DE QUE NOS INTERRUMPIESE ESTE MALEDUCADO?
AH, SÍ... QUÉ LIBERADOR DEBE DE HABER SIDO ENTREGARSE AL LADO OSCURO DE TU ALMA.
EN CIERTO MODO SÍ, PERO...
TAMBIÉN ME HA AYUDADO A ENTENDER POR QUÉ JACKSON ES ASÍ.
HA VISTO Y HECHO DEMASIADAS COSAS. UNA VEZ QUE CONOCES ESE LADO DE TI MISMO, ALGO SE ROMPE EN TU INTERIOR. YA NUNCA PUEDES RECUPERARTE.
PUES ENTONCES ELIGE NO SER COMO ÉL.
YO PUEDO VOLVER A OFRECERTE ESA LIBERACIÓN. DÉJAME UTILIZAR MI HECHIZO CONTIGO.
DESPUÉS, TODO EL DOLOR Y EL SUFRIMIENTO... DESAPARECERÁN.
OH, NO SÉ. SI JACKSON PUEDE VIVIR CON ELLO...

¡...YO TAMBIÉN!
¡WHOOSH!
SE... SE HAN PARADO...
¡MALDITA EMBUSTERA!
NO IMPORTA. SOLO TENGO QUE VOLVER A ENCEN-DERLAS Y...
¡NO!

¡MIS FANTASMAS!
ME ALEGRO DE QUE LA CHICA TÍMIDA QUE CONOCÍ EN MÉXICO HAYA DESAPARECIDO. TE ENSEÑÉ...
NI SE TE OCURRA INSINUAR QUE TÚ ME ENSEÑASTE ESTO.
¿SE TE HA OLVIDADO QUE MI ABUELA ERA UNA JEFA CRIMINAL?
AUN ASÍ, VOY A SEGUIR BUSCANDO UNA MANERA DE LLEVARME EL MÉRITO POR ESTO.
Y AHORA... ¿PUEDES DESATAR ESTAS CUERDAS?
¡YO YA CASI ESTOY LIBRE!
¿DÓNDE ESTÁ...?
¡AJÁ!
¡ESTO HA TERMINADO, DANNY!
SI QUIERES SALIR DE ESTA CON VIDA, VAS A TENER QUE...
¡CÁLLATE! ¡NO FINJAS QUE TE IMPORTA ALGUIEN MÁS QUE TÚ MISMO!
MI COMETIDO EN LA VIDA SERÁ CONDENARTE ETERNAMENTE A ATORMENTAR A UN MONTÓN DE...

¡SPST!
¡UGH!
PRECIOSO.
PUAJ.
¡MUERE!

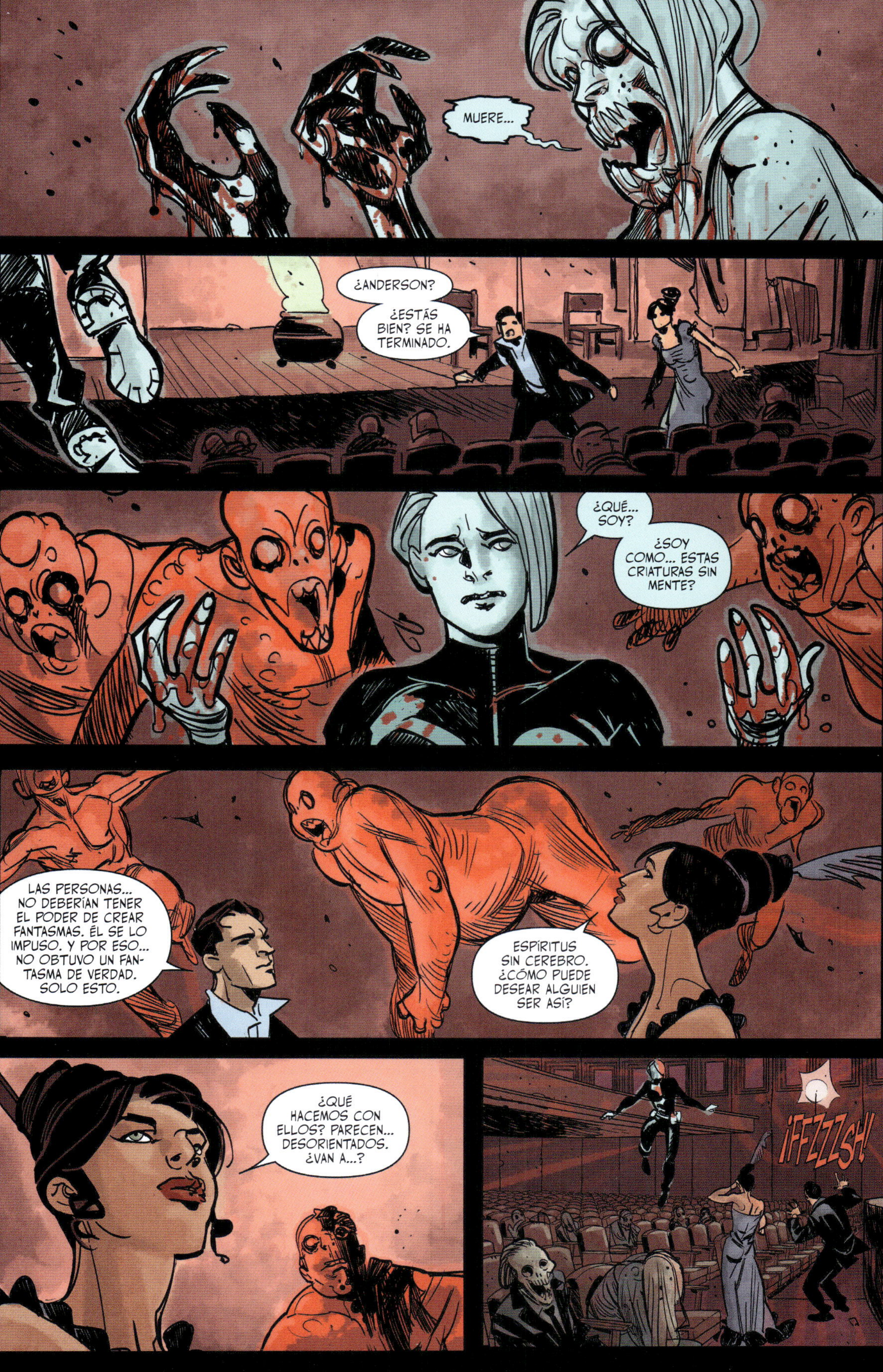
MUERE...
¿ANDERSON?
¿ESTÁS BIEN? SE HA TERMINADO.
¿QUÉ... SOY?
¿SOY COMO... ESTAS CRIATURAS SIN MENTE?
LAS PERSONAS... NO DEBERÍAN TENER EL PODER DE CREAR FANTASMAS. ÉL SE LO IMPUSO. Y POR ESO... NO OBTUVO UN FANTASMA DE VERDAD. SOLO ESTO.
ESPÍRITUS SIN CEREBRO. ¿CÓMO PUEDE DESEAR ALGUIEN SER ASÍ?
¿QUÉ HACEMOS CON ELLOS? PARECEN... DESORIENTADOS. ¿VAN A...?
¡FFZZZSH!

ESTÁN... DESAPARE-CIENDO...
PODRÍAS IRTE CON ELLOS, ¿SABES?
NO ES...
NO TE VAS A LIBRAR TAN FÁCILMENTE. VOLVERÉ.
¡FFZZZSH!
¿Y AHORA QUÉ?
OLIVER KING ESTÁ A PUNTO DE RECIBIR UNA LLAMADA...

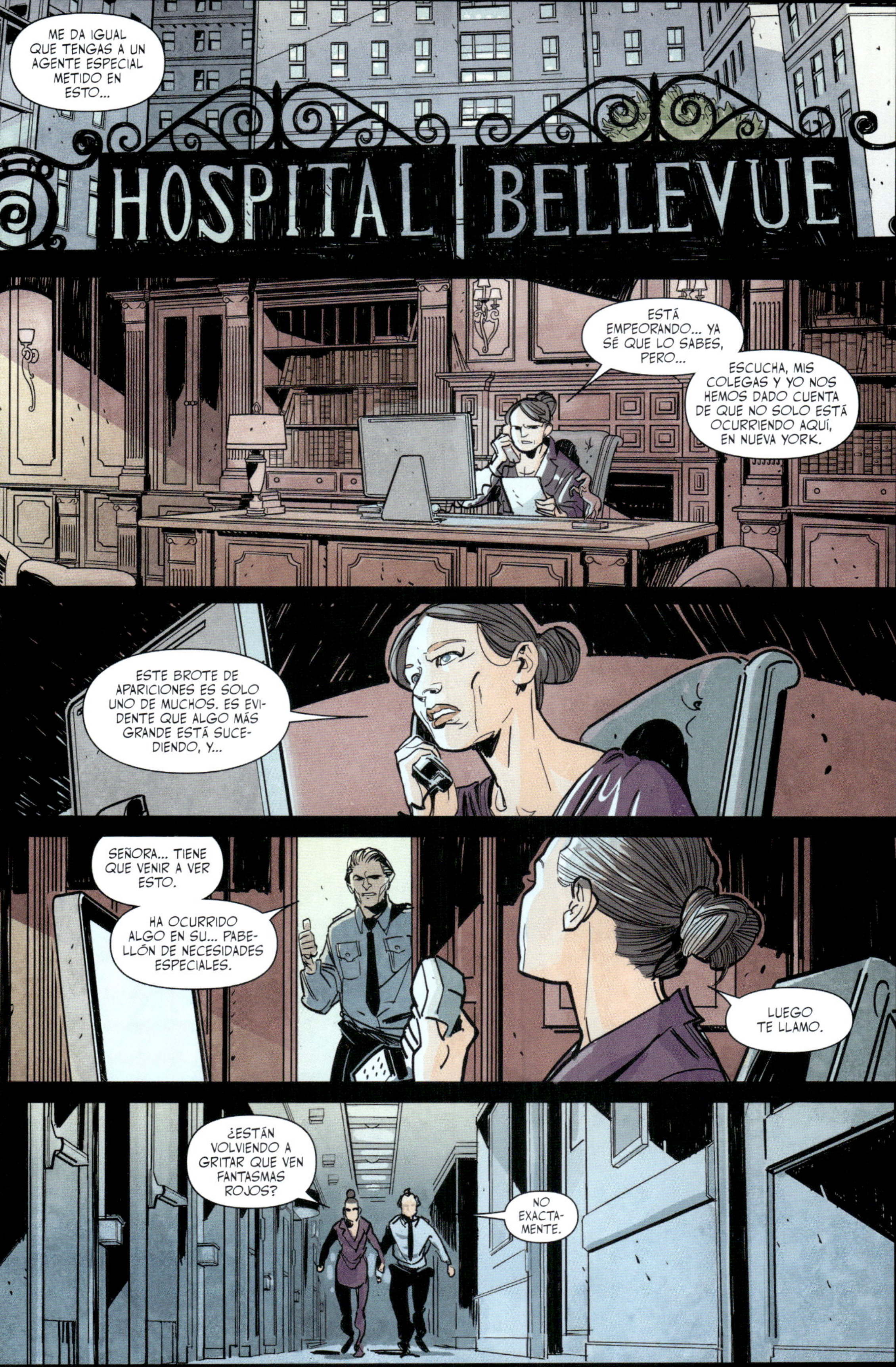
ME DA IGUAL QUE TENGAS A UN AGENTE ESPECIAL METIDO EN ESTO...
HOSPITAL BELLEVUE
ESTÁ EMPEORANDO... YA SÉ QUE LO SABES, PERO...
ESCUCHA, MIS COLEGAS Y YO NOS HEMOS DADO CUENTA DE QUE NO SOLO ESTÁ OCURRIENDO AQUÍ, EN NUEVA YORK.
ESTE BROTE DE APARICIONES ES SOLO UNO DE MUCHOS. ES EVIDENTE QUE ALGO MÁS GRANDE ESTÁ SUCEDIENDO, Y...
SEÑORA... TIENE QUE VENIR A VER ESTO.
HA OCURRIDO ALGO EN SU... PABELLÓN DE NECESIDADES ESPECIALES.
LUEGO TE LLAMO.
¿ESTÁN VOLVIENDO A GRITAR QUE VEN FANTASMAS ROJOS?
NO EXACTAMENTE.

¡SE HAN IDO!
¿SARAH?
SE HA IDO.
AHORA SÍ QUE SE HA TERMINADO.
¡SOMOS LIBRES!
¿CREED?
CREO QUE TU AGENTE ESPECIAL HA HECHO SU TRABAJO...

NECESITA-MOS MATERIAL NUEVO...
HOLLYWOOD
BIRTHRIGHT
SOLO PODEMOS HACER UN NÚMERO LIMITADO DE PROGRAMAS SOBRE GENTE QUE DICE HABER TENIDO RELA-CIONES SEXUALES CON FANTASMAS.
TENEMOS QUE... ASUSTARLES. HACER UN PROGRAMA SOBRE APARICIONES. SOBRE APARICIONES REALES.
USTED NOS DIO INSTRUCCIONES EXPLÍCI-TAS DE QUE NUNCA HICIÉRAMOS UN PROGRAMA QUE TOCASE ESE TEMA, SEÑORITA RUSNAK.
SÉ LO QUE DIJE. TUVE UNA MALA... EXPERIENCIA EN UNA CASA ENCANTADA UNA VEZ.
¿Y AHORA?
NECESITAMOS SUBIR LA AUDIENCIA, Y LA AUDIENCIA SIG-NIFICA DINERO.
Y EL DINE-RO HACE QUE TODO VAYA MEJOR.

HOLA, EDZIA.
NO HEMOS HABLADO DESDE QUE ME TRAICIONASTE.
OH, DIOS... ¿MARKUS?
PERO... PERO JACKSON DIJO QUE HABÍAS MUERTO.
NO TE PREOCUPES. NO HE VENIDO A RAPTARTE NI TAMPOCO A HACERTE DAÑO. TU AYUDA ES LO ÚNICO QUE PIDO...
...Y PARECE QUE SE PUEDE COMPRAR. POR SUERTE, ESTA VEZ PUEDO PAGARTE MÁS QUE JACKSON WINTERS.

KING Y CREED APARECERÁN EN CUALQUIER MOMENTO PARA LLEVARME DE VUELTA A LA CÁRCEL. LO SÉ. NO CONSEGUÍ QUE CHARON SALIESE CON VIDA, ASÍ QUE VOY A IR DIRECTO AL TALEGO...
DIOS, ERES UN PUTO LLORICA, JACKSON.
¡JA, JA, JA, JA!
¿QUÉ?
NADA.
AQUÍ ESTÁ.
ANTES DE QUE KING EMPIECE A GRITARTE... ¿POR QUÉ NO QUISISTE ACEPTAR LA OFERTA DE CHARON?
MI MUERTE ES MÍA. NO ES ALGO CON LO QUE NADIE PUEDA JUGAR O ENRIQUECERSE.
¡SCCREEEHHH!
OYE, COLEGA, ESTOY SEGURO DE QUE ESTÁS CABREADO POR TODO LO QUE HA OCURRIDO. YO TAMBIÉN LO ESTARÍA.
PERO NO HABRÍA PODIDO AVERIGUAR EL PLAN DE CHARON SI TÚ HUBIESES...

¡KRAK!
¡BOBADAS!
SIEMPRE HE QUERIDO HACER ESO.
OH, LO SÉ. UNA VEZ LE DI UNA BOFETADA EN LA SELVA Y ME SENTÍ GENIAL.
¿QUÉ LE HA PASADO AL HIJO DE TRICK?
UN FANTASMA LE HA PARTIDO EN DOS.
CLARO, ESO ES LO QUE CREES HABER VISTO. TE RECUERDO QUE ESE TÍO ERA MAGO.
Y AHORA VAMOS...
CREED AÚN QUIERE VER TU CARA DE ESTÚPIDO.

SIENTO LO DE CHARON.
OFICINA DE INVESTIGACIÓN
FIDELIDAD BRAVURA INTEGRIDAD
ESTOY SEGURO DE QUE QUERÍAS AYUDARLE DESPUÉS DE LO QUE LE OCURRIÓ A TRICK, PERO...
...A VECES LA MANZANA CAE BASTANTE LEJOS DEL ÁRBOL. Y DESPUÉS SE PUDRE.
Y UTILIZA VELAS FABRICADAS CON SANGRE PARA CONTROLAR FANTASMAS, ASÍ ES.
HM.
¿ALGÚN CONTRATIEMPO QUE DEBA SABER? ¿HABÉIS SIDO CAPACES DE TRABAJAR JUNTOS?
UM...
SÍ... TODO HA IDO BIEN.
JACKSON HA SABIDO COMPORTARSE.
ESO ES LO QUE QUERÍA OÍR. BUENO, JACKSON...
TERMINEMOS CON ESTO CUANTO ANTES, ¿VALE?
¿PUEDO TENER AL MENOS UNA CELDA CON VISTAS?

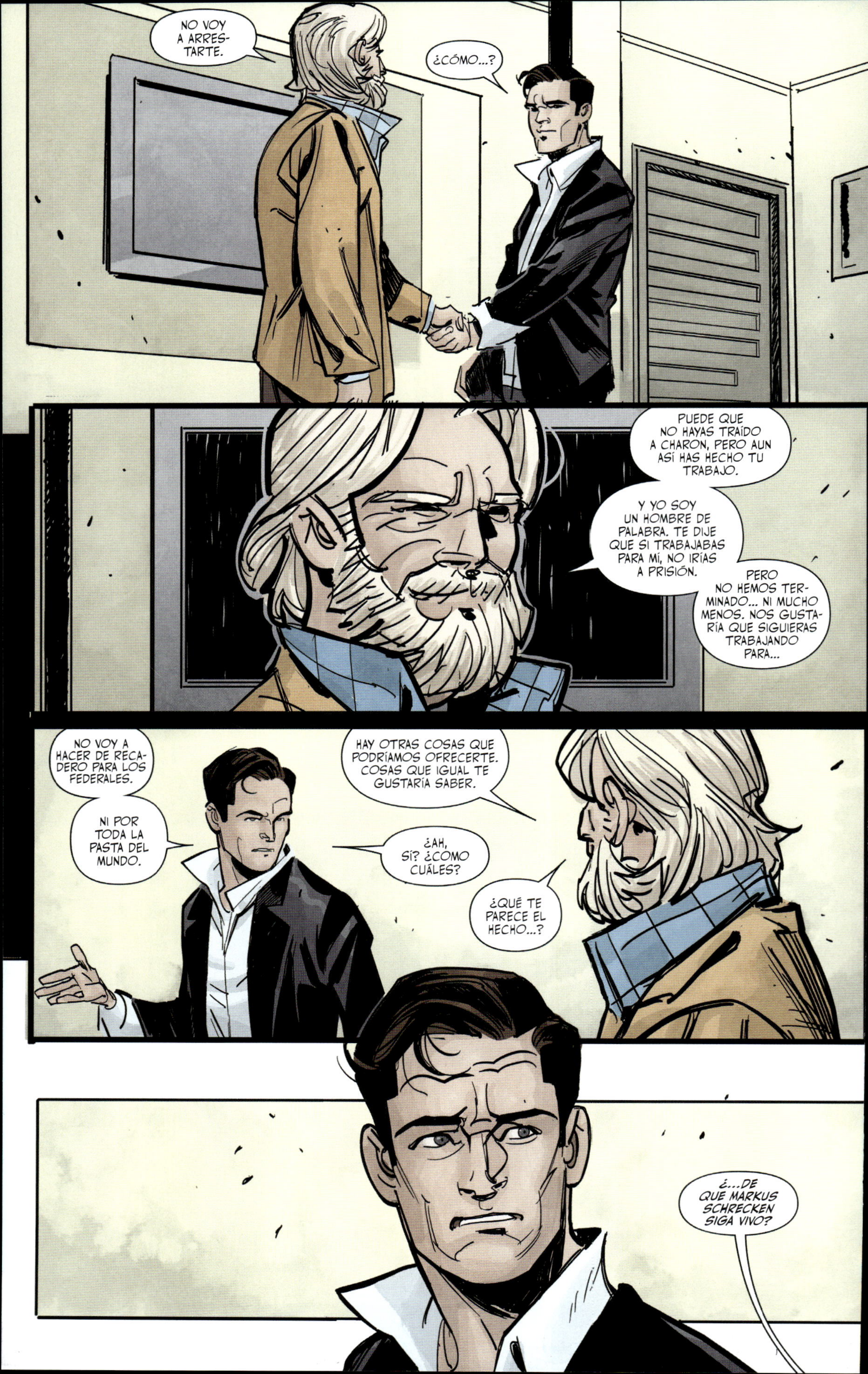
NO VOY A ARRESTARTE.
¿CÓMO...?
PUEDE QUE NO HAYAS TRAÍDO A CHARON, PERO AUN ASÍ HAS HECHO TU TRABAJO.
Y YO SOY UN HOMBRE DE PALABRA. TE DIJE QUE SI TRABAJABAS PARA MÍ, NO IRÍAS A PRISIÓN.
PERO NO HEMOS TERMINADO... NI MUCHO MENOS. NOS GUSTARÍA QUE SIGUIERAS TRABAJANDO PARA...
NO VOY A HACER DE RECADERO PARA LOS FEDERALES.
NI POR TODA LA PASTA DEL MUNDO.
HAY OTRAS COSAS QUE PODRÍAMOS OFRECERTE. COSAS QUE IGUAL TE GUSTARÍA SABER.
¿AH, SÍ? ¿COMO CUÁLES?
¿QUÉ TE PARECE EL HECHO...?
¿...DE QUE MARKUS SCHRECKEN SIGA VIVO?

CAPÍTULO SEIS

PANOSIAN

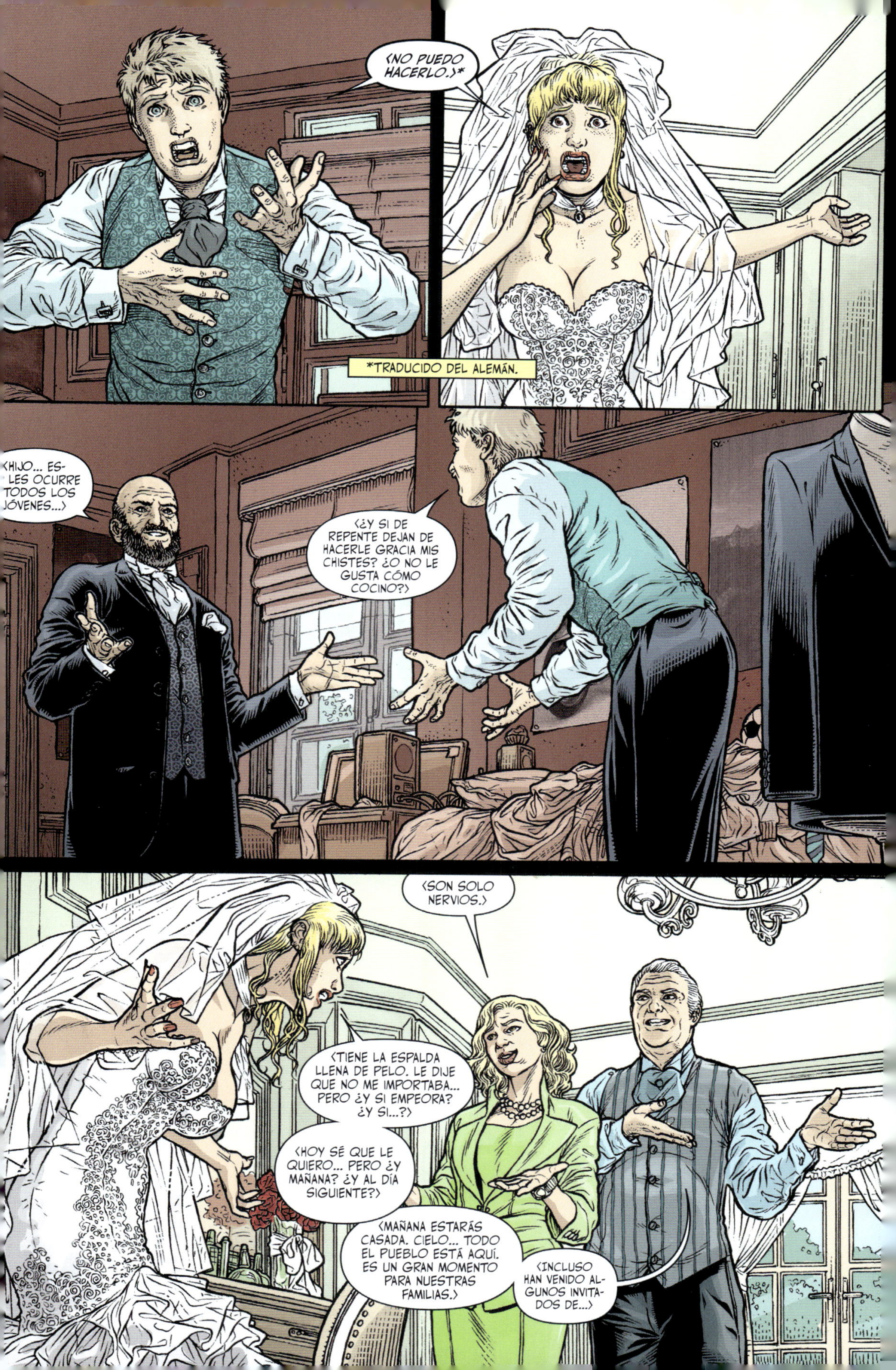
‹NO PUEDO HACERLO.›*
*TRADUCIDO DEL ALEMÁN.
‹HIJO... ES- LES OCURRE TODOS LOS JÓVENES...›
‹¿Y SI DE REPENTE DEJAN DE HACERLE GRACIA MIS CHISTES? ¿O NO LE GUSTA CÓMO COCINO?›
‹SON SOLO NERVIOS.›
‹TIENE LA ESPALDA LLENA DE PELO. LE DIJE QUE NO ME IMPORTABA... PERO ¿Y SI EMPEORA? ¿Y SI...?›
‹HOY SÉ QUE LE QUIERO... PERO ¿Y MAÑANA? ¿Y AL DÍA SIGUIENTE?›
‹MAÑANA ESTARÁS CASADA. CIELO... TODO EL PUEBLO ESTÁ AQUÍ. ES UN GRAN MOMENTO PARA NUESTRAS FAMILIAS.›
‹INCLUSO HAN VENIDO AL- GUNOS INVITA- DOS DE...›

‹...FUERA.›
¿A TI NO TE ENCANTAN LAS BODAS, RUSNAK?
NO ME TOMES POR IDIOTA, MARKUS. NO ESTAMOS AQUÍ POR ESO.
¿INTENTAS DECIRME QUE SOY DEMASIADO VIEJO PARA COLARME EN UNA BODA?
NO. LO QUE DIGO ES QUE SÉ QUE ERES UN MONSTRUO. Y TAMBIÉN SÉ DE LO QUE ERES CAPAZ.
SI ES VERDAD QUE ESTÁS FAMILIARIZADA CON MIS MUCHOS TALENTOS, ENTONCES DEBERÍAS VIGILAR ESE TONO Y REPRESENTAR EL PAPEL QUE TE HE PEDIDO.
¿LO ENTIENDES?
ME HACES DAÑO.
QUE SI LO ENTIENDES...
SÍ...

BIEN.
¿SABES ALEMÁN?
NO. EEEH... SOLO INGLÉS, POLACO Y... ES-TOOO... LATÍN MÁGICO.
OH, ENTONCES TE ESTÁS PERDIEN-DO UN BUEN ES-PECTÁCULO.
POR LO QUE PARECE, TANTO EL NOVIO COMO LA NOVIA TIENEN DUDAS.
¿PUEDES DECIRME AL MENOS PARA QUÉ HEMOS VENIDO?
TE PROMETO QUE NO... NO MONTARÉ NINGUNA ESCENA NI NADA PARECIDO, SOLO QUIERO QUE NO ME HAGAS DAÑO... NI A NADIE MÁS POR MI CULPA.
NO... NO TENDRÁS PLANEADO MATAR A LA NOVIA, ¿VERDAD?
OH, EDZIA, NO TENDRÍA NINGÚN SENTIDO VENIR HASTA ALEMANIA SOLO PARA MATAR A UNA PERSONA.
ESTAMOS AQUÍ... POR LA HISTORIA.

"DURANTE LOS ÚLTIMOS 80 AÑOS, LOS DOS PATRIARCAS DE LAS FAMILIAS QUE VIVEN AQUÍ SE HAN ESTADO PELEANDO."
"LLEGADOS A ESTE PUNTO, YA NI SIQUIERA RECUERDAN POR QUÉ EMPEZÓ TODO. ¿DINERO? ¿TIERRAS? ¿MUJERES? PERO HAY ALGO DE LO QUE SÍ ESTÁN SEGUROS..."
"SE ODIAN CON UNA PASIÓN EXACERBADA."
"DURANTE LAS ÚLTIMAS DÉCADAS, LA TENSIÓN HA IDO EN AUMENTO E INCLUSO HA HABIDO ALGUNAS MUERTES...
"ESTO LE HA PASADO FACTURA AL PUEBLO. ESTÁ CASI DESTROZADO..."

ERO HOY... TODO ESO
ERMINARÁ. EL NOVIO Y
NOVIA PERTENECEN A
ANDOS ENFRENTADOS EN LA DISPUTA.
ES TODO MUY *ROMEO Y JULIETA*...
PERO ROMEO Y...
LAS DOS FAMILIAS SE UNIRÁN GRACIAS AL AMOR VERDADERO...
"...SIEMPRE Y CUANDO NO OCURRA NADA."
‹¡EL PASTOR HA DESAPARE-CIDO!›
‹¿¡DÓNDE ESTÁ!?›
‹TRANQUILA, LE ENCONTRA-REMOS.›
‹ES... ES UNA SEÑAL.›
‹QUE EL PASTOR DESAPA-REZCA SIGNIFICA QUE ESTA BODA NO DEBE CELEBRARSE.›
‹¿NO SOMOS DEMA-SIADO JÓVE-NES...?›
‹¿Y SI DE PRONTO EMPEZAMOS A ODIAR-NOS, IGUAL QUE HAN HECHO NUESTRAS FAMILIAS?›
LOS DÍAS COMO HOY ME RECUERDAN A CUAN-DO ERA JOVEN.
A MI PRIMER SACRIFICIO.

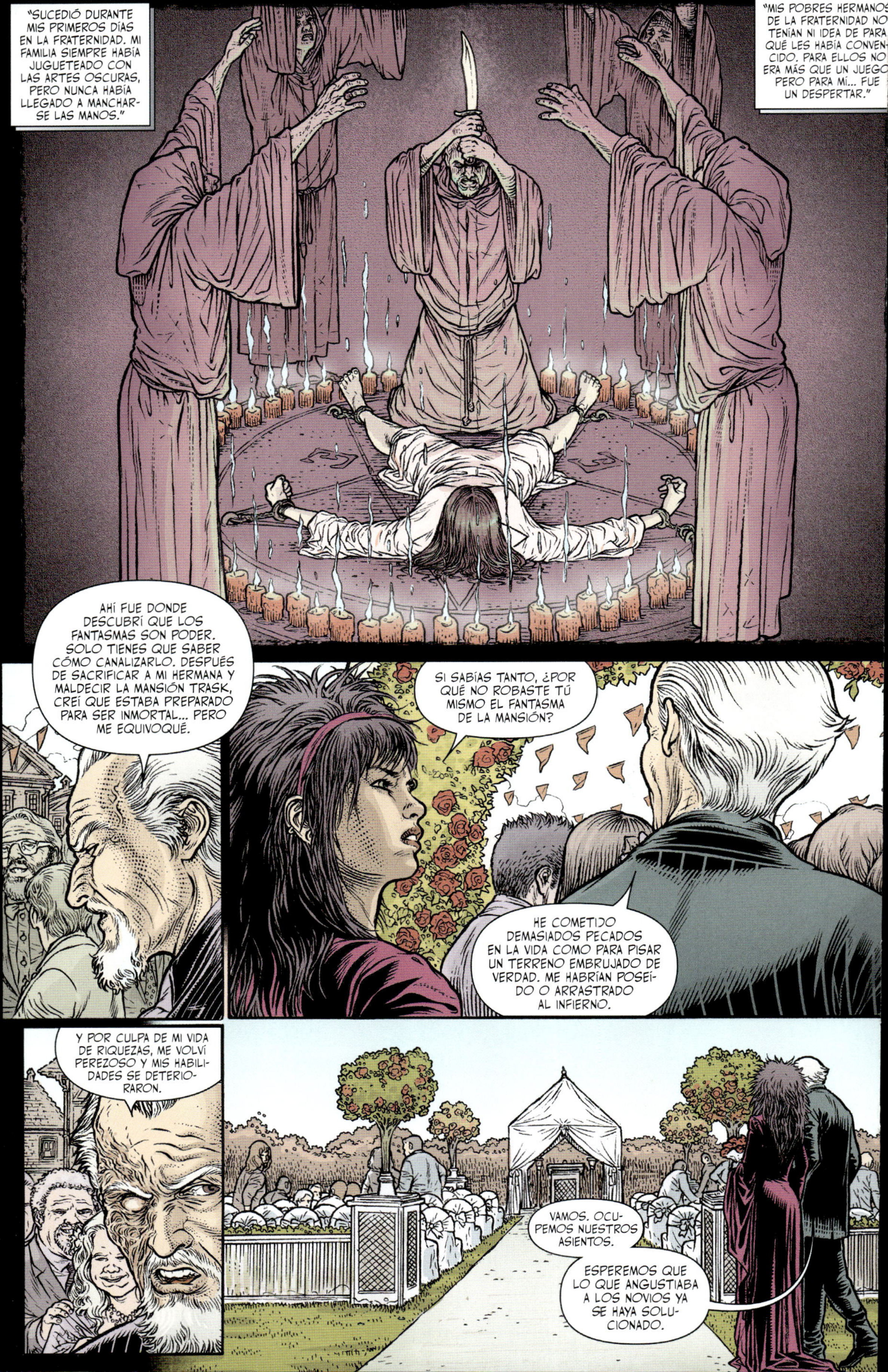
"SUCEDIÓ DURANTE MIS PRIMEROS DÍAS EN LA FRATERNIDAD. MI FAMILIA SIEMPRE HABÍA JUGUETEADO CON LAS ARTES OSCURAS, PERO NUNCA HABÍA LLEGADO A MANCHARSE LAS MANOS."
"MIS POBRES HERMANOS DE LA FRATERNIDAD NO TENÍAN NI IDEA DE PARA QUÉ LES HABÍA CONVENCIDO. PARA ELLOS NO ERA MÁS QUE UN JUEGO, PERO PARA MÍ... FUE UN DESPERTAR."
AHÍ FUE DONDE DESCUBRÍ QUE LOS FANTASMAS SON PODER. SOLO TIENES QUE SABER CÓMO CANALIZARLO. DESPUÉS DE SACRIFICAR A MI HERMANA Y MALDECIR LA MANSIÓN TRASK, CREÍ QUE ESTABA PREPARADO PARA SER INMORTAL... PERO ME EQUIVOQUÉ.
SI SABÍAS TANTO, ¿POR QUÉ NO ROBASTE TÚ MISMO EL FANTASMA DE LA MANSIÓN?
HE COMETIDO DEMASIADOS PECADOS EN LA VIDA COMO PARA PISAR UN TERRENO EMBRUJADO DE VERDAD. ME HABRÍAN POSEÍDO O ARRASTRADO AL INFIERNO.
Y POR CULPA DE MI VIDA DE RIQUEZAS, ME VOLVÍ PEREZOSO Y MIS HABILIDADES SE DETERIORARON.
VAMOS. OCUPEMOS NUESTROS ASIENTOS.
ESPEREMOS QUE LO QUE ANGUSTIABA A LOS NOVIOS YA SE HAYA SOLUCIONADO.

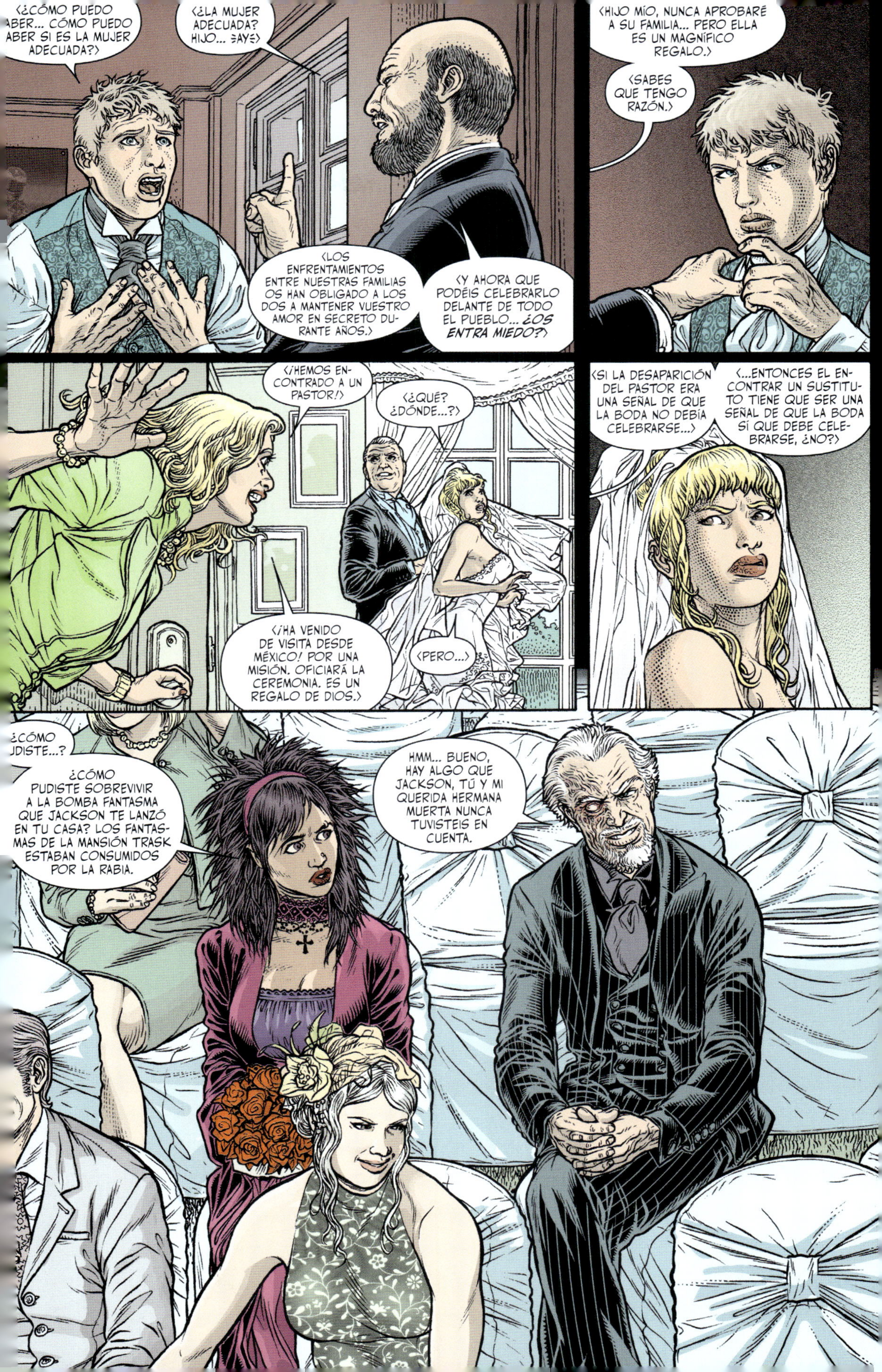
‹¿CÓMO PUEDO
ABER... CÓMO PUEDO
ABER SI ES LA MUJER
ADECUADA?›
‹¿LA MUJER ADECUADA? HIJO... ¡AY!›
‹LOS ENFRENTAMIENTOS ENTRE NUESTRAS FAMILIAS OS HAN OBLIGADO A LOS DOS A MANTENER VUESTRO AMOR EN SECRETO DURANTE AÑOS.›
‹Y AHORA QUE PODÉIS CELEBRARLO DELANTE DE TODO EL PUEBLO... *¿OS ENTRA MIEDO?*›
‹HIJO MÍO, NUNCA APROBARÉ A SU FAMILIA... PERO ELLA ES UN MAGNÍFICO REGALO.›
‹SABES QUE TENGO RAZÓN.›
‹¡HEMOS ENCONTRADO A UN PASTOR!›
‹¿QUÉ? ¿DÓNDE...?›
‹¡HA VENIDO DE VISITA DESDE MÉXICO! POR UNA MISIÓN. OFICIARÁ LA CEREMONIA. ES UN REGALO DE DIOS.›
‹PERO...›
‹SI LA DESAPARICIÓN DEL PASTOR ERA UNA SEÑAL DE QUE LA BODA NO DEBÍA CELEBRARSE...›
‹...ENTONCES EL ENCONTRAR UN SUSTITUTO TIENE QUE SER UNA SEÑAL DE QUE LA BODA SÍ QUE DEBE CELEBRARSE, ¿NO?›
¿CÓMO
UDISTE...?
¿CÓMO PUDISTE SOBREVIVIR A LA BOMBA FANTASMA QUE JACKSON TE LANZÓ EN TU CASA? LOS FANTASMAS DE LA MANSIÓN TRASK ESTABAN CONSUMIDOS POR LA RABIA.
HMM... BUENO, HAY ALGO QUE JACKSON, TÚ Y MI QUERIDA HERMANA MUERTA NUNCA TUVISTEIS EN CUENTA.

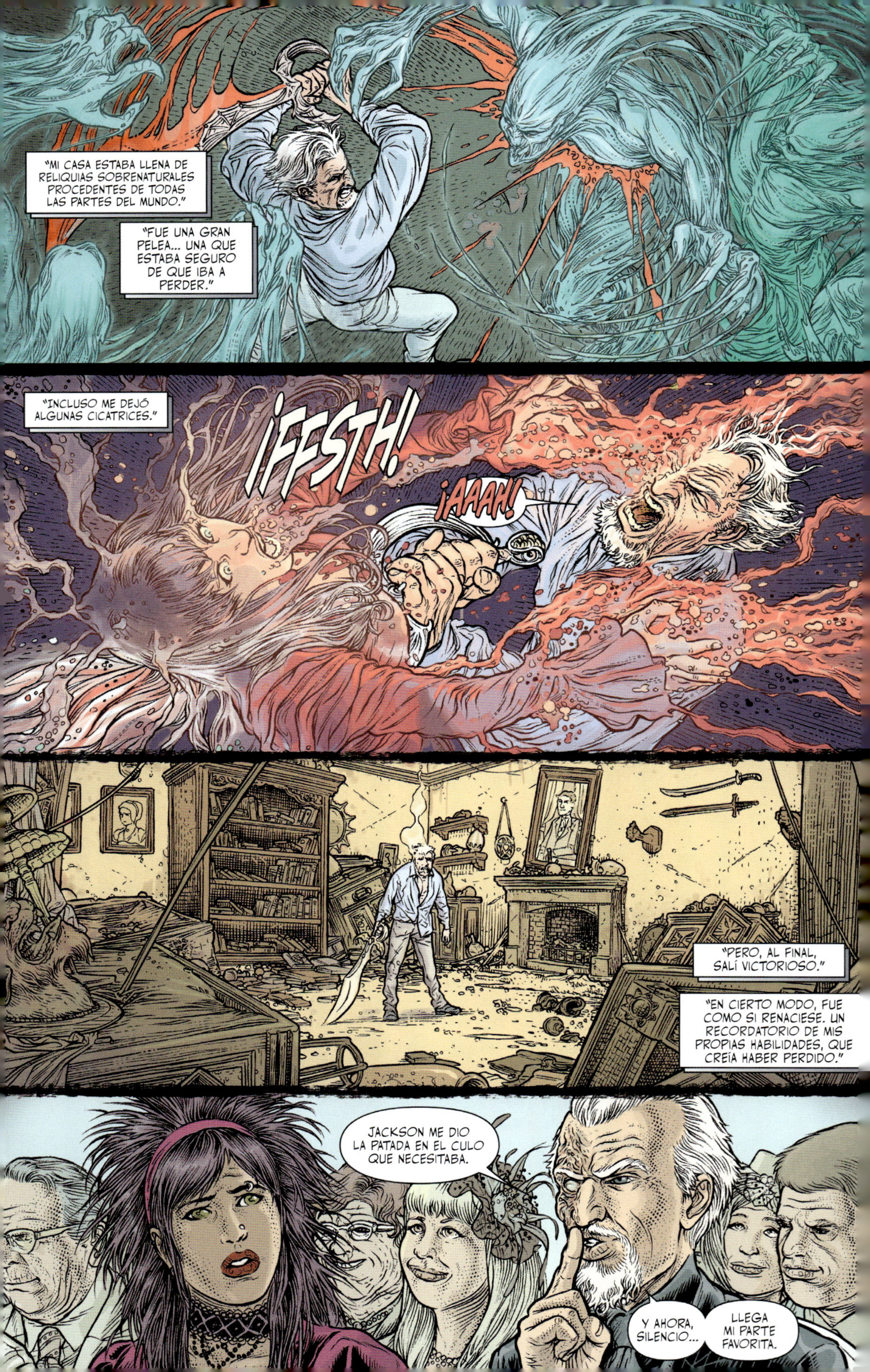
"MI CASA ESTABA LLENA DE RELIQUIAS SOBRENATURALES PROCEDENTES DE TODAS LAS PARTES DEL MUNDO."
"FUE UNA GRAN PELEA... UNA QUE ESTABA SEGURO DE QUE IBA A PERDER."
"INCLUSO ME DEJÓ ALGUNAS CICATRICES."
¡FFSTH!
¡AAAH!
"PERO, AL FINAL, SALÍ VICTORIOSO."
"EN CIERTO MODO, FUE COMO SI RENACIESE. UN RECORDATORIO DE MIS PROPIAS HABILIDADES, QUE CREÍA HABER PERDIDO."
JACKSON ME DIO LA PATADA EN EL CULO QUE NECESITABA.
Y AHORA, SILENCIO...
LLEGA MI PARTE FAVORITA.

...H...
‹BIEN HE-
CHO, HIJO.›
MARKUS...
...ERCIBO ALGO
MALIGNO
EN ÉL...
SILENCIO.
‹HOLA.›
‹HOLA.›
‹HOLA,
DAMAS Y CABA-
LLEROS.›

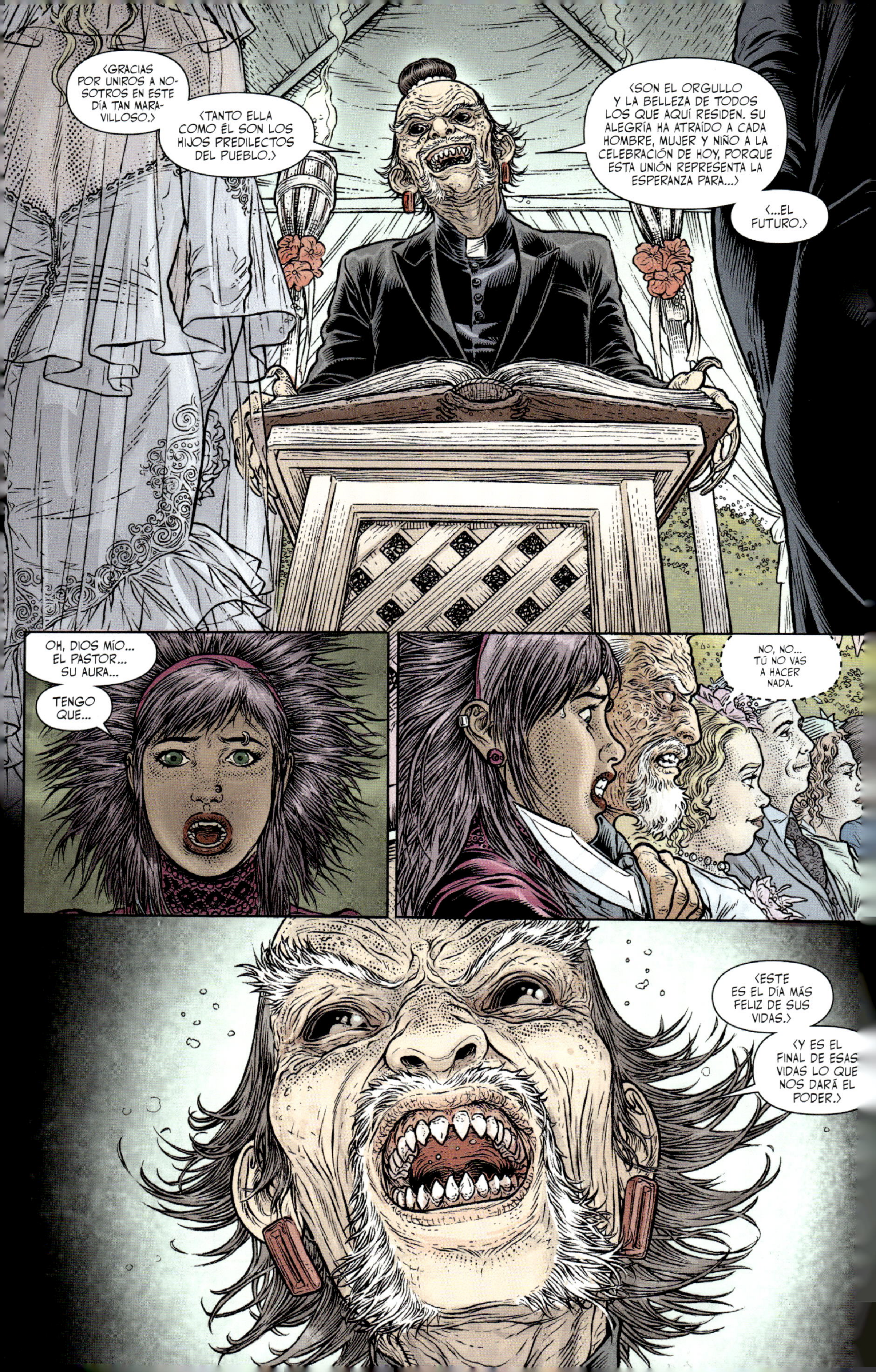
‹GRACIAS POR UNIROS A NOSOTROS EN ESTE DÍA TAN MARAVILLOSO.›
‹TANTO ELLA COMO ÉL SON LOS HIJOS PREDILECTOS DEL PUEBLO.›
‹SON EL ORGULLO Y LA BELLEZA DE TODOS LOS QUE AQUÍ RESIDEN. SU ALEGRÍA HA ATRAÍDO A CADA HOMBRE, MUJER Y NIÑO A LA CELEBRACIÓN DE HOY, PORQUE ESTA UNIÓN REPRESENTA LA ESPERANZA PARA...›
‹...EL FUTURO.›
OH, DIOS MÍO... EL PASTOR... SU AURA...
TENGO QUE...
NO, NO... TÚ NO VAS A HACER NADA.
‹ESTE ES EL DÍA MÁS FELIZ DE SUS VIDAS.›
‹Y ES EL FINAL DE ESAS VIDAS LO QUE NOS DARÁ EL PODER.›

‹¿CÓMO?›
‹¿QUÉ ES LO QUE...?›
‹¿QUIÉN DEMONIOS TE...?›
¡RIENDA SUELTA A LA VENGANZA DE SANGRE!
¡RIENDA SUELTA A LA VENGANZA DE SANGRE!
UGH.
‹¿ESTÁS BIEN?›
‹¡MALDITO HIJO DE PERRA!›
‹¡TU HIJA NUNCA SERÁ LO BASTANTE BUENA PARA MI HIJO!›
‹¡DIOS MÍO!›
‹¡MADRE!›
‹¡QUE LE JODAN A SU FAMILIA!›
NO...
¿QUÉ ES LO QUE HAS HECHO?
TODA LA IRA, EL ODIO Y EL RENCOR QUE SE HAN IDO ACUMULANDO EN ESTE PUEBLO DURANTE MÁS DE 80 AÑOS...

¡IIIIIII!
¡...HAN SIDO LIBERADOS!
¡PERO DIJISTE QUE NO IBAS A MATAR A NADIE!
DIJE QUE NO IBA A MATAR A UNA PERSONA.
Y MIS MANOS NO TOCARÁN NI UNA SOLA GOTA DE SANGRE...
¡EL ODIO QUE TIENEN ESTAS FAMILIAS LO HARÁ POR MÍ!
¿POR QUÉ? ¿¡POR QUÉ HACES ESTO!?
¡TÚ ME HAS OBLIGADO, RUSNAK!
¡SI JACKSON Y TÚ ME HUBIESEIS ENTREGADO EL FANTASMA, ESTO NO HABRÍA SIDO NECESARIO!

¡¡¡NOOOOO!!!
¡ATRÁS!
¡ESO ES MENTIRA, MALDITO TARADO!
HAS HECHO ESTO PARA...
‹¡MUERE!›

¡QUIETO!
¿POR QUÉ HA OCURRIDO ESTO?
¿QUÉ HEMOS HECHO?
YO...
YO...
YO...
¿TÚ HAS HECHO ESTO?
UGH.
¡NO!
UNA CEREMO ESTUPEN ¿VERDA

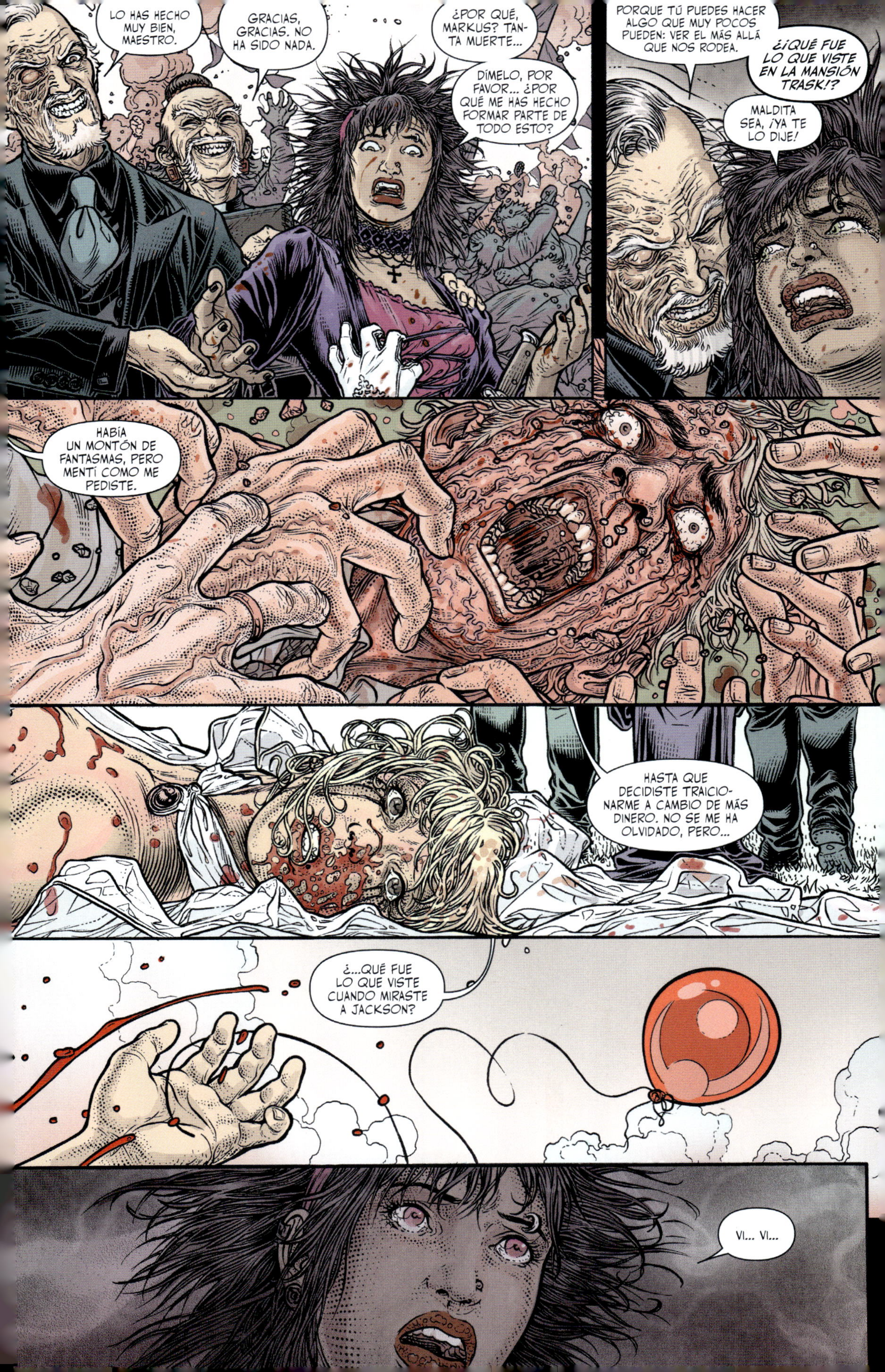
LO HAS HECHO MUY BIEN, MAESTRO.
GRACIAS, GRACIAS. NO HA SIDO NADA.
¿POR QUÉ, MARKUS? TANTA MUERTE...
DÍMELO, POR FAVOR... ¿POR QUÉ ME HAS HECHO FORMAR PARTE DE TODO ESTO?
PORQUE TÚ PUEDES HACER ALGO QUE MUY POCOS PUEDEN: VER EL MÁS ALLÁ QUE NOS RODEA.
¿¡QUÉ FUE LO QUE VISTE EN LA MANSIÓN TRASK!?
MALDITA SEA, ¡YA TE LO DIJE!
HABÍA UN MONTÓN DE FANTASMAS, PERO MENTÍ COMO ME PEDISTE.
HASTA QUE DECIDISTE TRAICIONARME A CAMBIO DE MÁS DINERO. NO SE ME HA OLVIDADO, PERO...
¿...QUÉ FUE LO QUE VISTE CUANDO MIRASTE A JACKSON?
VI... VI...

MUERTE.
POR ESO TE HE TRAÍDO AQUÍ. PORQUE CREO QUE PUEDES VER ALGO MÁS QUE FANTASMAS.
PUEDES VER A LA MISMÍSIMA SEGADORA DE ALMAS.
¿LA VES AHORA, SEÑORITA RUSNAK?
¿PUEDES VER LO QUE HEMOS CREADO?
DIOS MÍO...
TODAS ESTAS POBRES ALMAS PERDIDAS VAGARÁN POR ESTAS CALLES EN LA OTRA VIDA, Y TÚ NOS GUIARÁS A TRAVÉS DE ELLAS HASTA UNA PUERTA DE ALMAS.
PERO HAY UNA ÚLT PIEZA DEL ROMPEC BEZAS QUE FALTA, PIEZA QUE NECESIT Y ES...

"...JACKSON WINTERS."
DOY POR HECHO QUE EL AGENTE CREED TE HA MANTENIDO OCUPADO.
SUPONGO QUE HAY UN MONTÓN DE FANTASMAS AHÍ FUERA.
"A VECES, CUANDO LA GENTE MUERE, SUS FANTASMAS ADOPTAN LA FORMA DE CUALQUIER MITO O PAYASADA EN LA QUE CREÍAN."
"POR SUERTE, KING NINA FORMAN UN BUEN QUIPO... Y YO TENGO A ANDERSON."
"ENTONCES, ¿TRABAJAR CON CREED ESTÁ SIENDO FRUCTÍFERO?"
A CONTRA TODO LO UE SIEMPRE HE CREÍ-, PERO AL MENOS NO RESULTA ABURRIDO."
HASTA ENCONTRAMOS UNA EVA HABITACIÓN BLANCA EN RTLAND. SIGO SIN SABER POR QUÉ TRICK VIO UNA UERTA AL INFIERNO EN LA MANSIÓN TRASK."
PERO HAY ALGO A LO UE NO DEJO DE DARLE VUELTAS..."

¿...CÓMO VA A AYUDARME TODO ESTO A LOCALIZAR A MARKUS SCHRECKEN?
SI SIGUE VIVO, COMO DICES. SI LE ENCUENTRO, TAL VEZ PUEDA LIBRARME POR FIN DE TODAS ESAS TONTERÍAS QUE ME ATORMENTAN Y ESTAR TRANQUILO.
MARKUS VIVE, MI QUERIDO PRÍNCIPE... CONFÍA EN MÍ.
VALE.
SUPONGO QUE ESTA ES OTRA DE LAS MISIONES DE CREED... ¿MÁS FANTASMAS?
AQUÍ NO HABITA NINGÚN FANTASMA.
PERO MUCHOS MORTALES HAN GRITADO DE MIEDO ENTRE ESTAS PAREDES.
TAMBIÉN EN ESO HAY MAGIA.
LA OSCURIDAD QUE RESIDE EN EL CORAZÓN DE UN HOMBRE ES PROFUN Y DEBEMOS MIRAR MÁS ALLÁ ESO, EN LOS ABISMOS MÁS MOTOS DE TU ALMA PERDI
¿Y ESTE ANTRO TAN HORTERA ES EL LUGAR PERFECTO PARA HACERLO?

ERES UN IMÁN RA LAS PARTES SOMBRÍAS DE LA STENCIA. TE HA SE- DO UNA PÉRDIDA UE VA MÁS ALLÁ DE LA MUERTE.
TU VIDA HA TADO REPLETA DE UN LOR Y UN SUFRIMIEN- O DESGARRADORES, JACKSON.
Y ESO NOS VA A AYUDAR A ENCONTRAR A MARKUS POR- QUE...
NO LO TIENDES.
MARKUS Ú SOIS IMÁGENES ESPECULARES.
TODOS LOS ENEMIGOS A LOS QUE TE HAS ENFRENTADO RECIENTEMENTE HAN SIDO REFLE- JOS DE LO QUE HAS LANZADO AL MUNDO.
ALGO ASÍ COMO QUE LO QUE ODIAS DE LOS DEMÁS ES EN REALIDAD LO QUE ODIAS DE TI MISMO...
SÍ, SÍ, SÍ... ALGO PARECIDO.
VALE, PUES YO ODIO DE VERDAD A MARKUS.
HMM, BUENO...
PARA ENCONTRAR A MARKUS Y LO QUE ÉL DESEA, TENDRÁS QUE MI- RAR EN TU INTERIOR.
EN EL PASADO, OTROS TE HAN OBLI- GADO A UTILIZAR TU CONEXIÓN CON EL MÁS ALLÁ... CON EL OTRO LADO...
¿QUÉ ES LO QUE QUIERE MARKUS REAL- MENTE?
¿QUÉ ES LO QUE MÁS DESEA? ¿QUÉ ES LO QUE TE DICE TU REFLEJO?
YA HE VISTO MI REFLEJO MUCHÍSIMAS VECES, MUÑECA. MÁS QUE SUFICIENTES PARA QUE NO ME GUSTE NADA LO QUE VEO.
MIRA MÁS PROFUNDAMENTE. ESTÁIS CONEC- TADOS...
VALE, VALE, YA VEO... VEO...

OH... PUEDE QUE YO QUIERA MORIR...
...PERO MARKUS QUIERE VIVIR.
Y...
HOSTIA PUTA... AHORA LO SÉ...
MARKUS NO QUIERE ENGAÑAR A LA MUERTE...
...QUIERE ROBARLA.
Y HA CREADO UN PUEBLO FANTASMA PARA HACERLO.

CAPÍTULO SIETE

Nueva Orleans, hace 20 años.
VAMOS, JODER, ÁBRELO DE UNA VEZ...
LO TENGO, LO TENGO...
SANTO...
¿ESTÁIS VIENDO ESTO?
TENÍAS RAZÓN, MUCHACHO. EL VIEJO NO IBA A DEJARLE EL DINERO A NADIE.
BUEN TRABAJO, JACKSON.
¡GRACIAS!
LLEVO AÑOS ROBANDO TUMBAS EN ESTE LUGAR, PERO HABÍA ALGO EN ESE FUNERAL QUE NO ME TERMINABA DE ENCAJAR.
¡TOMAD!
AQUÍ TIENE QUE HABER POR LO MENOS UNOS 100.000. ¡INCLUSO DIVIDIDO EN TRES PARTES, ES UN BUEN BOTÍN!
SÍ...

THUK
¡AH!
¡...PERO SERÁ INCLUSO MEJOR SI SE DIVIDE EN DOS!
¡ADIÓS, CHAVAL!
UF...

LO SIENTO, PERO SI ALGUNA VEZ SE ENTERA ALGUIEN DE QUE PROFANAMOS LA TUMBA DEL VIEJO ESTE, NOS MATARÍAN.
Y TÚ SIEMPRE HAS SIDO UN BOCAZAS...
...QUE METE EN PROBLEMAS A TODOS LOS QUE LE RODEAN.
¿QUÉ HACEMOS AQUÍ, JACKSON?

SER TESTIGOS DE MI PROPIA ARROGANCIA, NINA.
DESPUÉS DE MORIR, ME DESPERTÉ UNIDA A TI. NO TENÍA NI IDEA DE QUE MARKUS ESTUVIESE VIVO, PERO LE CONOZCO BIEN. VA A QUERER VENGARSE Y LAS COSAS SE PONDRÁN FEAS.
YA, BUENO, SI LO QUE ESA BRUJA DICE ES CIERTO Y LA MUERTE ME HA ESTADO VIGILANDO...
LO ES. LO VI CON MIS PROPIOS OJOS.
ENTONCES TENGO QUE ENCONTRAR A MARKUS PARA VER QUÉ ES LO QUE SABE ESE VIEJO GILIPOLLAS.
ESCUCHA, LLEGADOS A ESTE PUNTO, ESTOY DISPUESTO A CREERME QUE LOS FANTASMAS SON... REALES, SUPONGO. PERO ¿ROBAR LA MUERTE?
¿TE DAS CUENTA DE LO DESCABELLADO QUE SUENA ESO?
ES UNA LOCURA.
PERO MI INSTINTO ME DICE QUE ES CIERTO. FÍJATE BIEN EN ESTE SITIO. DEBERÍA ESTAR LLENO DE ESPECTROS CABREADOS. MARKUS TRAMA ALGO.

¿CÓMO VA A ROBAR LA MUERTE? ESO PARECE...
O SEA, ES IMPOSIBLE, ¿VERDAD?
YO UNA VEZ ROBÉ UN FANTASMA, ASÍ QUE... CUALQUIER COSA PUEDE PASAR.
TOMAD LO QUE PODÁIS.
VAMOS A LLEVARLE TODA ESTA MIERDA...

"...A CREED."
VOLVER A CASA DE MARKUS Y ECHAR UN VISTAZO A SUS LIBROS ME HA DADO UNA IDEA DE CON QUÉ ESTAMOS TRATANDO.
PERO SI VAMOS A INTENTAR ENCONTRARLE, DEBEMOS ESTAR PREPARADOS.
¿TIENES MOCHILAS DE PROTONES?
¡AY! NO.
ENTONCES NECESITARÉ PISTOLAS.
LAS PISTOLAS NO SIRVEN DE NADA CONTRA LOS FANTASMAS.
NO SON PARA LOS FANTASMAS.
ESTÁ BIEN, PERO NUESTROS INFORMES INDICAN QUE EL FUEGO ES LA MEJOR OPCIÓN.
SÍ, NOS DIMOS CUENTA DE ESO EN LA MANSIÓN TRASK.
VALE, PUES SI PUEDES CONSEGUIRME UN LANZALLAMAS, SERÍA ESTUPENDO.
HAY OTRO PROBLEMA...

EDZIA RUSNAK HA DESAPARE- CIDO.
TENEMOS RAZONES PARA CREER QUE MAR- KUS LA HA SE- CUESTRADO.
O QUE LE HA PA- GADO.
RUSNAK VA DONDE VA EL DINERO.
JACKSON...
ESTA VEZ NO ES EL CASO. MIRA.
ENCONTRARON A SU AYUDANTE BRUTALMENTE ASESINADO EN EL PLATÓ DE TELEVISIÓN DE RUSNAK. NADIE LA HA VISTO.
ESO NO SIGNIFICA QUE FUESE MARKUS.
ESA TAL RUSNAK TIENE LA CAPACIDAD DE VER EL LADO ESPIRITUAL, ¿VERDAD?
ES POSIBLE QUE MARKUS LA NECESITE PARA MOVER- SE CON SEGURIDAD POR SU PUEBLO FANTASMA.
PUES NO HAY MÁS QUE HABLAR.
VAMOS A POR MARKUS Y SALVAMOS A RUSNAK.
CLARO QUE NO.

MARKUS ME DEBE ALGUNAS RESPUESTAS. ESO ES TODO. ¿Y SABÉIS QUÉ?
NO ME IMPORTA RUSNAK.
NI TÚ.
NI TÚ.
NI TÚ.
Y TÚ MENOS QUE NINGUNO, JODER.
SOLO QUIERO DESCUBRIR LA VERDAD DE POR QUÉ LA MUERTE ME SIGUE, PARA PODER QUITÁRMELA DE ENCIMA Y POR FIN ESTAR TRANQUILO.
ESO ES...
...UNA GILIPOLLEZ.

NO LO DICES EN SERIO.
NO ERES TAN EGOÍSTA COMO INTENTAS APARENTAR.
NINA, TÚ NO ME CONOCES...
CÁLLATE.
TIENES RAZÓN, NO TE CONOZCO, PERO TE HE VISTO EN ACCIÓN. CLARO QUE TE IMPORTAMOS.
AQUEL DÍA, EN LA SELVA, CUANDO ME SALVASTE DE LA SECTA... PUDISTE HABERME DEJADO ALLÍ, PERO NO LO HICISTE.
Y CUANDO INTENTASTE AYUDARME A LIBERARME DE ESE ESTÚPIDO ESPÍRITU DE SANGRE DE CUERVO... CUANDO DIJISTE QUE SIEMPRE ESTABA HUYENDO DE MI VIDA... NO TE REFERÍAS A MÍ.
HABLABAS DE TI.
¿CUÁL ES EL VERDADERO MOTIVO DE QUE HOY ESTÉS DICIENDO TANTAS MENTIRAS, EH?
¿¡EH!?
MALDITA SEA, ¡QUE NO QUIERO QUE NINGUNO DE VOSOTROS MUERA!
DEMASIADOS AMIGOS MÍOS HAN MUERTO MIENTRAS YO ESTABA AL CARGO. Y ESTA VEZ... ME PARECE DEMASIADO.
MARKUS TRAMA ALGO CHUNGO, Y NI SIQUIERA SABEMOS POR DÓNDE EMPEZAR...
A LO MEJOR TENEMOS ALGO QUE NOS PUEDE AYUDAR.
PERO TENDRÉIS QUE ESTAR PREPARADOS...

JODER, TIENES QUE ESTAR DE COÑA.
LAS HABITACIONES BLANCAS SON PRODUCTO DE ASESINATOS SOBRENATURALES, PERO TAMBIÉN ACTÚAN COMO PORTALES.
CIERTO. CUANDO TRICK ABRIÓ LA PUERTA DE LA MANSIÓN TRASK, VIO... EL INFIERNO. O AL MENOS ASÍ FUE COMO LO DESCRIBIÓ.
LAS HABITACIONES BLANCAS SON CONDUCTOS MALIGNOS QUE TE LLEVAN ADONDE SE SUPONE QUE DEBES IR.
¿ESTÁS DICIENDO QUE TRICK DEBÍA IR AL INFIERNO?
SÍ...
VAYA, PUES MENUDO BAJÓN.
¿QUÉ TENEMOS QUE HACER?
DAME LA MANO.
¿CREES QUE ES BUEN MOMENTO PARA LEÉRMELA?
TU SANGRE SERÁ SUFICIENTE.
¡AH, MIERDA!

YA ESTÁ.
AHORA HAS MANCILLADO LA HABITACIÓN BLANCA.
TU AMIGO TRICK ROBÓ ALGO DE LA MANSIÓN ANTES DE ENTRAR EN LA HABITACIÓN, ¿VERDAD? ESO FUE UN PECADO... Y TU SANGRE ESTÁ LLENA DE ELLOS, ASÍ QUE TENDRÁ EL MISMO EFECTO.
ENTONCES ECHARÉ UN VISTAZO RÁPIDO Y...
NO PUEDES ECHAR SOLO UN VISTAZO, JACKSON.
GRACIAS A TU CONEXIÓN CON EL OTRO LADO, ESTARÁS PROTEGIDO. TIENES QUE ABRIR LA PUERTA Y ENTRAR RÁPIDAMENTE. DE LO CONTRARIO, SOLO SERÁ UNA HABITACIÓN BLANCA.
COMO UN SALTO SIN RED... MIERDA.
¡AY!
QUÉ COJONES...

HUM.
LA HOSTIA.
ESTO ES... ESTO ES IMPOSIBLE.
¿ALGUNA VEZ VAS A ADMITIR QUE TODA ESTA MIERDA SOBRENATURAL ES REAL?
AHORA QUE ESTAMOS AQUÍ, VOSOTROS DOS PODÉIS VOLVER A...
SLAM
¿¡ADÓNDE HA IDO LA PUERTA!?
ESTAMOS SOLOS, KING.
CHICOS...

ESTO ES... ESTO ES... MUY JODIDO.
OH, DIOS... CREO QUE VOY A VOMITAR.
MANTÉN EL CONTROL, KING...
ERA... UNA BODA. DIOS.
ESA VIEJA BRUJA DIJO QUE LA PUERTA NOS TRAERÍA ADONDE SE SUPONE QUE DEBEMOS ESTAR...
¿Y ESTAMOS EN...?
ALEMANIA.
¿CÓMO LO SABES?
SÉ COSAS. NO TE PREOCUPES POR ESO.
BUENO, SR. TROTAMUNDOS, ¿QUÉ HACEMOS AHORA?
EXPLORAR EL LUGAR CON MUCHO CUIDADO.
PORQUE SÉ POR EXPERIENCIA...
...QUE DONDE HAY CADÁVERES...

EEIII RRRRRAIIII
¡...HAY FANTASMAS!

¡NO OS ASUSTÉIS!
PUEDE QUE ODIE AL FBI Y A CREED...

¡...PERO HAN CUMPLIDO!
FFWWOOSSH
RAGH EEI!!
¡ATRÁS!
EEEI!!
DIOS... FUNCIONA. FUNCIONA DE VERDAD.
¡NO PUEDE SER TAN FÁCIL!
¿CUÁNDO VAS A ENTENDERLO, NINA?
SOY EL HOMBRE QUE SIEMPRE TIENE UN PLAN.

¡ATENTO, JACKSON!
EEEII
ERAS LA ÚLTIMA PERSONA QUE ESPERABA QUE VINIESE A RESCATARME.
TU MUERTE NO ENCAJA EN MIS PLANES.
DE MOMENTO.
AH, CÓMO ECHABA DE MENOS TUS AMENAZAS PASIVO-AGRESIVAS, MARKUS.
¿TE HAS DADO CUENTA DE QUE SOMOS MÁS QUE TÚ Y DE QUE TENGO UN LANZALLAMAS?
TE TOCA.
ASÍ ES.
PERO NO ESTOY SOLO.

HOLA, PRECIOSA...
¡MIERDA! ¡MIERDA!
HACÍA MUCHO QUE NO DISFRUTABA DE TU ENCANTADO-RA PRESENCIA, NINA SANGRE DE CUERVO. ESCRIBISTE PARA MÍ EL MÁS DELICIOSO LIBRO DE LOS MUERTOS.
TU ALMA CORRUPTA APESTABA A LLUVIA ÁCIDA, PERO AHORA HUELE A... ¿ESPERANZA?
JACKSON...
¡HIJO DE PUTA! ¡SUELTA A RUSNAK!
¡KING! ¡ESPERA!
TODAS ESTAS MUERTES SON OBRA TUYA, ¿VERDAD?
¿POR QUÉ?
HE CREADO UN PUEBLO FANTASMA... PORQUE CON LA AYUDA DEL MAESTRO Y SU LIBRO DE LOS MUERTOS PODE-MOS CREAR ALGO QUE LLEVO BUSCANDO TODA LA VIDA.

"LA PUERTA DE LAS ALMAS."
"NOS CONDUCIRÁ A UN PLANO ESPIRITUAL EN EL QUE LOS FANTASMAS SE ESCONDEN CUANDO NO DESEAN SER VISTOS."
¿Y ES AHÍ DONDE PRETENDES ROBAR LA MUERTE?
TÚ...
...SABES LO DE...
ME LO HA DICHO UN PAJARITO.
¿CÓMO PIENSAS EXACTAMENTE LLEVAR A CABO UN ROBO COMO ESE?
CONTIGO, JACKSON.

¿SOY EL CEBO?
A FALTA DE UNA PALABRA MEJOR...
SIEMPRE HE SABIDO QUE ESTABAS EMBRUJADO, PERO QUE LA MUERTE MISMA TE VIGILASE... ESO HA SIDO UN AUTÉNTICO REGALO.
CON LA AYUDA DE RUSNAK, PODEMOS CRUZAR LA DIMENSIÓN FANTASMA... Y LA MUERTE SE VERÁ OBLIGADA A REVELARSE.
PERO TENDREMOS QUE ENTRAR Y SALIR DEL OTRO MUNDO ANTES DE QUE AMANEZCA.
SI NO LO HACEMOS... QUEDAREMOS ATRAPADOS. NUESTRAS ALMAS SERVIRÁN DE ALIMENTO PARA LOS FANTASMAS POR TODA LA ETERNIDAD, IGUAL QUE PROMETEO ENCADENADO A UNA ROCA SERVÍA DE ALIMENTO A LOS CUERVOS.
EL FUEGO SE ENCARGARÁ DE ELLOS IGUAL QUE...
ESOS FANTASMAS ERAN DÉBILES. SON LOS QUE ESTÁN DEMASIADO ASUSTADOS PARA ABANDONAR EL LUGAR EN EL QUE MURIERON.
LAS AMENAZAS MÁS PELIGROSAS PROVIENEN DE LAS PROFUNDIDADES DE LA CIUDAD, CUANDO JUGAMOS EN SU PROPIO TERRENO.
ENTONCES ES UNA SUERTE QUE CUENTE CON UN ARMA SECRETA.
TU VIEJA AMIGA ANDERSON LLEVA UNOS MESES AYUDÁNDOME A COMBATIR FANTASMAS.
Y APUESTO A QUE INCLUSO IMPEDIRÁ QUE CONSIGAS LO QUE QUIERES, MALDITO ENFERMO.
¿NO ES CIERTO, ANDERSON?

LO SIENTO, JACKSON.
NO ERES EL ÚNICO QUE TIENE UN PLAN.
Y AHORA...
...VETE A ROBAR LA MUERTE.
O MI ANDERSON MATARÁ A TODOS TUS AMIGOS.

CAPÍTULO OCHO

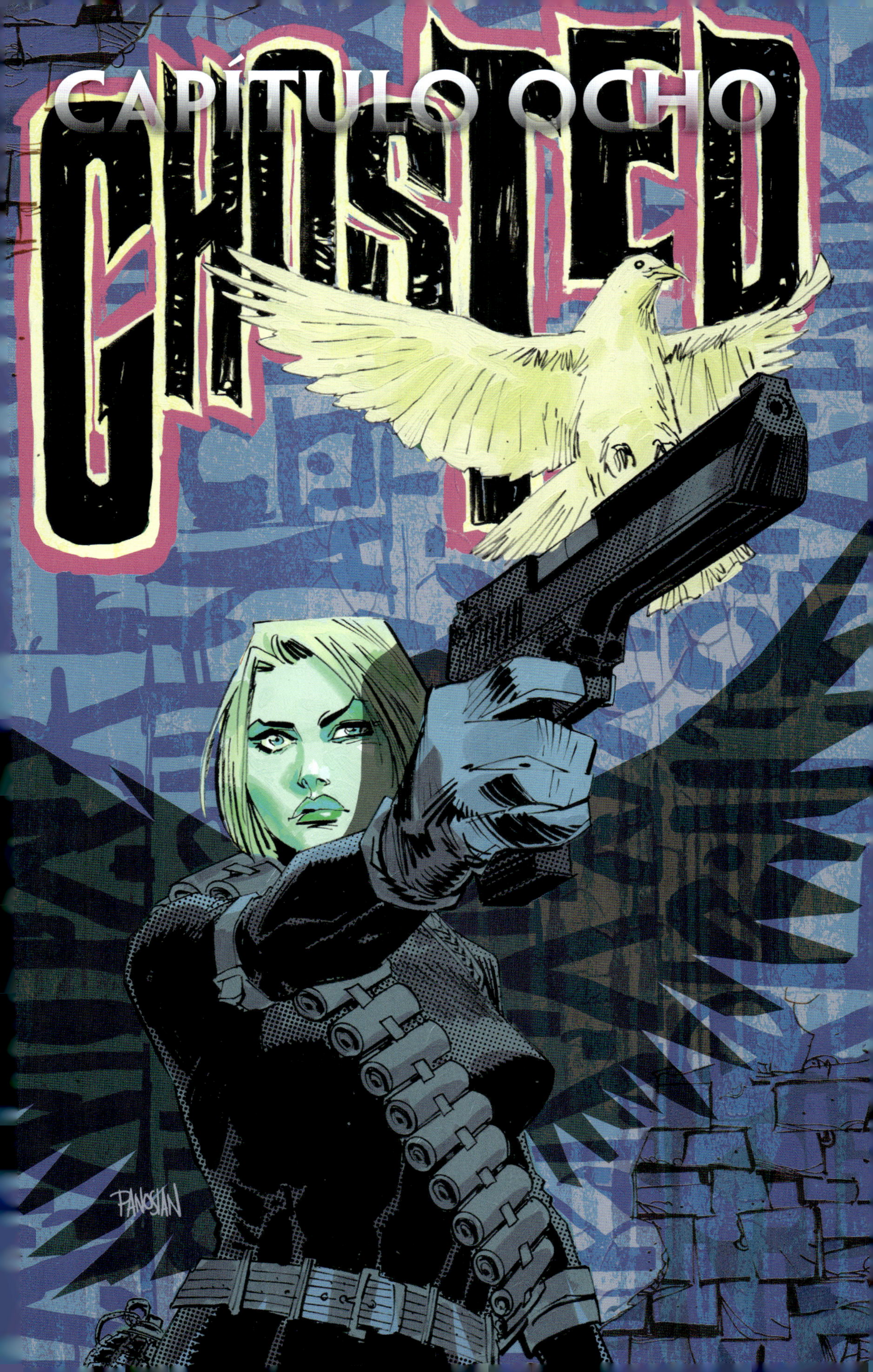

Nueva Orleans, hace 20 años.
The Avenue Pub
NO PUEDO CREER QUE NOS HAYAMOS CARGADO AL CHICO...
¡EH! DEJA YA DE DECIR ESO.
ERA UN AUTÉNTICO BOCAZAS Y NOS HABRÍA ARRUINADO EL NEGOCIO. AHORA NO TE PONGAS A LARGAR DEMASIADO TÚ TAMBIÉN, ¿ENTENDIDO?
ENTENDIDO.
JACKSON ERA UN MIERDECILLA INÚTIL QUE NOS HABRÍA HECHO LO MISMO A NOSOTROS. ¿POR QUÉ CREES QUE NO TENÍA AMIGOS?
NADIE LE VA A ECHAR DE MENOS. DE HECHO...
...ME ALEGRO DE QUE ESTÉ MU...
KRAK

BUENAS NOCHES, CHICOS.
¿¡JACKSON!?
PERO, PERO, PERO, PERO...
BURT, CLAUDE...
¿...OS IMPORTARÍA SALIR UN MOMENTO?

Ahora, en el pueblo fantasma.
¡ANDERSON, NO PIERDAS DE VISTA A JACK-SON!
YA SABES LO MUCHO QUE LE GUSTA HACER TRAVESURAS.
DE ACUERDO, JEFE.
EH... ME ACABO DE DAR CUENTA DE QUE TE ESTÁN SALIENDO ALGUNAS CANAS. A LO MEJOR SÍ QUE ES CIER-TO QUE VAS A MORIR ALGÚN DÍA.
CONTIGO NO HABLO.
¿POR FIN HE CONSEGUI-DO HACER LO IMPENSABLE? ¿QUE EL LOCUAZ JACKSON WINTERS SE CALLE DE UNA VEZ?
PENSÉ QUE HABÍAS CAMBIADO, QUE AL M NOS HABÍAS APRENDI ALGO DE LOS ERRO RES PASADOS.
PERO NO. SIGUES SIENDO EL PERRO OBE-DIENTE DE MARKUS.
¿TE ACUERDAS DE DÓNDE ESTABAS CUANDO ME CONO-CISTE? FUI YO LA QUE TE SACÓ DE LA CÁRCEL. Y TÚ ME LO PAGASTE MATÁNDOME.
VES LA PAJA EN EL OJO AJENO, PERO NO LA VIGA EN...
YA LO CREO.
TIENES RAZÓN. TE SUBESTIMÉ.
PERO NO DE LA FORMA EN QUE TE PIEN-SAS. VERÁS, YO CREÍA QUE SOLO ERAS EL MÚSCULO.
PERO NO, ERES LA MEJOR EMBAUCADORA QUE HE CONOCIDO. ME HICISTE CAER EN LA TRAMPA.

ME ENGAÑASTE AL HACERME CREER QUE VALÍAS LA PENA.
¡OYE, MARKUS! ¡SI QUIERES MI AYUDA, VAS A TENER QUE RESPONDER A ALGUNAS PREGUNTAS!
¡JACKSON! ¿CÓMO SE TE OCURRE PENSAR SIQUIERA EN AYUDARLE?
TAMPOCO ES QUE TENGA MUCHAS MÁS OPCIONES, KING.
¿HAS MATADO TÚ A TODA ESTA GENTE?
POR DECIRLO DE ALGÚN MODO... SÍ. CON UN POCO DE MAGIA ESPECIAL.
CON MAGIA O SIN ELLA, ESOS FANTASMAS VAN A IR A POR TI, ¿VERDAD? ¿CÓMO SABES QUE NO TE ATACARÁN EN CUANTO ENTRES EN TU "PUEBLO FANTASMA"?
OH, LO HARÁN... Y A TODOS LOS QUE VENGAN CONMIGO.
PERO SE NECESITA UN PUEBLO FANTASMA PARA ROBAR LA MUERTE.
¿Y ESO LO SABES POR...?
POR ESTO.

EN EL LIBRO DE LOS MUERTOS DEL MAESTRO SE MUESTRA EN DETALLE CÓMO SE PUEDE ATRAPAR A LA MUERTE. ES MUY AMBIGUO, COMO SI FUERA UNA ESPECIE DE CANCIÓN INFANTIL...
...PERO DICE QUE SI CREAMOS UNA PUERTA DE LAS ALMAS, PODEMOS ENTRAR EN EL PLANO ESPIRITUAL, DONDE LA MUERTE ES VULNERABLE.
NO TE ABURRIRÉ CON LOS DETALLES.
¿ESTÁ EN LATÍN?
¿¡LATÍN!? JE, JE, JE.
OH, JACKSON, LO QUE DICEN ES CIERTO. EXISTE LA SABIDURÍA ACADÉMICA Y LUEGO ESTÁ LA SABIDURÍA PRÁCTICA. ES EVIDENTE QUE TÚ NO TIENES NINGUNA DE LAS DOS.
VALE. ¿QUÉ IDIOMA ES...?
LO ESCRIBÍ YO.

ES MÍO.
ES EL LIBRO QUE ESCRIBÍ CUANDO ESTUVE POSEÍDA POR SANGRE DE CUERVO.
¿ESTÁS SEGURA?
ES MI LETRA.
RECUERDO ESCRIBIR UN LIBRO CUANDO ESTUVE EN LA HERMANDAD DEL LIBRO CERRADO... Y TIENE QUE SER ESE.
¿SABES LO EXTRAORDINARIO QUE ES TENER UN LIBRO DE LOS MUERTOS Y A SU AUTORA ORIGINAL? UTILIZANDO EL LIBRO, PODRÍAMOS ATRAER A LA MUERTE...
HAY ALGO QUE HE APRENDIDO HACE POCO, JACKSON.
EN CUANTO EMPIEZAS A BUSCAR LA OSCURIDAD, TE DAS CUENTA DE QUE SIEMPRE HA FORMADO PARTE DE TU VIDA.
LA MUERTE QUIERE QUE LA ENCONTREMOS JUNTOS. ES LO QUE ME LLEVÓ HASTA TI EN PRIMER LUGAR.
SI QUIERES ENCONTRAR RESPUESTAS A POR QUÉ LA MUERTE TE VIGILA... ASÍ ES COMO LAS CONSEGUIRÁS.
POR LO GENERAL, ME GUSTA ECHAR UN VISTAZO ANTES AL LUGAR.
LA PUERTA SOLO SE ABRIRÁ ESTA NOCHE.
RECUERDA QUE DEBEMOS ENTRAR Y SALIR DE LA DIMENSIÓN ESPIRITUAL ANTES DE QUE AMANEZCA O QUEDAREMOS ATRAPADOS.

ALTO.
¿QUÉ?
¿SENTÍS ESO?
HAY UNA GRAN CONCENTRACIÓN DE FANTASMAS EN ESA DIRECCIÓN.
LO QUE PERCIBES ES LA MUERTE, RUSNAK. LA ÚNICA CONSTANTE EN LA VIDA.
YO PENSABA QUE ERAN LA MUERTE Y LOS IMPUESTOS.
YO LLEVO AÑOS SIN PAGAR IMPUESTOS.
MUY GRACIOSO.
¿Y AHORA QUÉ?
LOS HECHIZOS CONVIERTEN A LOS FANTASMAS EN UNA ENTIDAD UNIFICADA, CREANDO UNA NUEVA FUERZA DE LA NATURALEZA COMO UNA UNIDAD.
COMO UNA MENTALIDAD COLECTIVA.
EN TÉRMINOS SENCILLOS, PODRÍA DECIRSE ASÍ. TENEMOS QUE DEJAR QUE NOS MUESTREN EL CAMINO, Y ESO SIGNIFICA...
LEE, CHICA. LEE TUS PRCPIAS PALABRAS. MUÉSTRANOS EL CAMINO.
EEEH... PONE... "LA PUERTA DE LAS ALMAS... ESTÁ DELANTE DE NOSOTROS..."
ESTO EMPIEZA A RESULTARME DEMASIADO FAMILIAR...
¡CUIDADO!

NADIE DEBERÍA CRUZAR JAMÁS LA PUERTA DE LAS ALMAS.
¿¡QUÉ DEMONIOS...!?
PARECE QUE EL PUEBLO ESTÁ INTENTANDO HABLARNOS...
DEJA QUE CONTINÚEN.
TENDRÉIS QUE SUPERAR UN DESAFÍO.
UNA EVALUACIÓN DE VUESTROS MIEDOS A TRAVÉS DEL VALLE DE LA MUERTE.
CUANTO MÁS OS ACERQUÉIS, MÁS LETAL SE VOLVERÁ...

¡BASTA!
UGH. ODIO QUE PONGAN EN MI BOCA PALABRAS QUE NO SON MÍAS...
¡HA SIDO DIVERTIDO!
NO ME SENTÍA TAN MAL DESDE LO DE SANGRE DE CUERVO.
EL PUEBLO NOS HA HABLADO. HA CONFIRMADO QUE ESTAMOS EN EL CAMINO CORRECTO HACIA LA PUERTA DE LAS ALMAS...
SOLO TENEMOS QUE ENFRENTARNOS A NUESTROS MIEDOS.
SUPONGO QUE ES UNA SUERTE QUE NO LE TENGA MIEDO A NADA.
ENTONCES TODOS LOS DEMÁS ESTAMOS JODIDOS.
¿AH, SÍ? PENSABA QUE TÚ...
...NO CREÍAS...

FANTASMAS.
PERCIBO LA PUERTA, PERO ESTO DEBE DE SER EL VALLE DE LA MUERTE.
ESTÁN EN ESTADO LATENTE, ASÍ QUE... EVITAD EL CONTACTO VISUAL CON ELLOS. PUEDE QUE LO MEJOR SEA QUE CERRÉIS LOS OJOS.
SEGUIDME.
NO OS PARÉIS.
Y RECORDAD... NO ABRÁIS LOS OJOS.

¿QUÉ OCURRE SI LOS ABRIMOS?
LOS FANTASMAS NOTARÁN QUE ESTAMOS AQUÍ.
¿Y ENTONCES?
NO QUIERES SABERLO.
ME ALEGRO DE HABERTE SECUESTRADO, RUSNAK. ESTÁS DEMOSTRANDO REALMENTE LO QUE VALES.
OH, CÁLLATE.
CREO QUE ME ESTÁN TOCANDO...
¡MANTÉN LOS OJOS CERRADOS!
SE PUEDE OLER EL MIEDO QUE NOS RODEA... ES TAN DULCE...
RAGH
¿QUÉ HA SIDO ESO? ¡HE VISTO ALGO!
¿¡HAS ABIERTO LOS OJOS!?
¡NO!
¡PUES SIGUE ASÍ! ES LA PUERTA, QUE INTENTA JODERNOS. NOS MUESTRA NUESTROS MIEDOS, INTENTA QUE MIREMOS.
VALE, SEGUID ANDANDO, NO ABRÁIS LOS...

...OJOS.
POR FIN... SOLO.
NO... NO PUEDO MORIR.
PERO ESTO NO ES COMO YO QUERÍA. QUIERO MORIR.
PERO NO QUIERO QUE TODOS LOS DEMÁS MUERAN CONMIGO.
NO PUEDO CREER QUE EXISTA LO SOBRENATURAL... PORQUE SI FUESE REAL, SIGNIFICARÍA QUE PODRÍA HABER ALGO BUENO AHÍ FUERA, Y NO NOS ESTÁ AYUDANDO.
LO SIENTO... EL DOLOR...
¡NO ABRÁIS LOS OJOS!
¿¡ES ESO LO QUE QUIERES OÍR!?
¡YA CASI HEMOS CRUZADO!

¿Y SI SOY COMO UNO DE ESOS FANTASMAS ROJOS... Y NO TENGO EL CONTROL?
NADA DE ESTO ES REAL. ¡SEGUID ANDANDO!
NO... NO ME PAREZCO EN NADA A ELLA. MI ABUELA ERA UN MONSTRUO.
TENGO... MIEDO... DE QUE POR ESTAR CERCA DE MÍ...
¡PUEDO OÍR A TODOS LOS MUERTOS DEL MUNDO! ¡MARCHAOS!
ODIO. AMOR. ¿DÓNDE ESTOY? ¿ES EL
INFIERNO? ¿POR QUÉ HE MUERTO? ¿ME
OÍS? AYÚDAME. DILE QUE LE QUERÍA. ODIO
MOR. ¿DÓNDE ESTOY? ¿ES EL INFIERNO?
...MIS AMIGOS MUERAN.
NO, NO, NO... NO PUEDO... NO PUEDO... POR FAVOR...
¡TENGO MIEDO!
¡PARAD!

RRAGGHH
WOOOO
OH, NO...
EEE!!!
EEEE!!!!
HOSTIA PUTA.
¡MALDITA SEA, MAESTRO!
¡CORRED!
CREO QUE YA VEO EL FINAL DEL VALLE.
¡PUES VAMOS!

¡ATRÁS!
¡AH!
¡LO LOGRA-MOS!
¿¡DÓNDE ESTÁ JACKSON!?
¡ANDERSON! ¡VUELVE AQUÍ Y AYÚDAME!
¡MALDITA SEA!
¡SEGUID! ¡NO OS PARÉIS! ¡PROTEGED AL EQUIPO!
¡ESTÚPIDO, NOS VAN A HACER PEDAZOS!
¡ANDERSON!
MARKUS... JACKSON...

¿¡NO TE DEJÉ CLARO QUE SOLO PODRÍAS MORIR CUANDO YO LO DIJESE!?
ANDERSON...
SERÁS... ZORRA.
¡VENGA, MARKUS!
¡LES ESTÁ DISTRAYENDO! ¡VAMOS!
ME HA TRAICIONADO...
¿POR QUÉ SE ALEJAN AHORA LOS FANTASMAS?
ES VERDAD.
MIRAD...

LA PUERTA DE LAS ALMAS.
LOS FANTASMAS SOLO ERAN UNA PRUEBA PARA MANTENERNOS ALEJADOS DE LA PUERTA, PERO AHORA QUE ESTAMOS AQUÍ...
¡TODOS LOS FANTASMAS HAN DESAPARECIDO!
LO SIENTO, YO...
NO TE PREOCUPES. LO ENTIENDO.
ES AGRADABLE VOLVER A TENER UN EQUIPO DE VERDAD.
¿Y AHORA QUÉ HACEMOS? SON MÁS QUE NOSOTROS.
QUE NO SE AGOBIE ESA REPUGNANTE CABECITA TUYA...
ANDERSON NO SUPONE NINGUNA AMENAZA PARA NOSOTROS. SE SIENTE TRANQUILA CON SU DECISIÓN.
AHORA NO HAY NADA QUE LA ATE A ESTE PLANO MORTAL.
¿A QUÉ TE REFIERES?

¡AH!
RRAWWWRRRGGGG
¡EL PREFERIR A JACKSON ANTES QUE A MÍ TE HA LIBERADO DE ESTE PLANO!
¿DE VERDAD PENSABAS QUE NO PAGARÍAS POR TUS PECADOS...?
¿...EN EL INFIERNO?

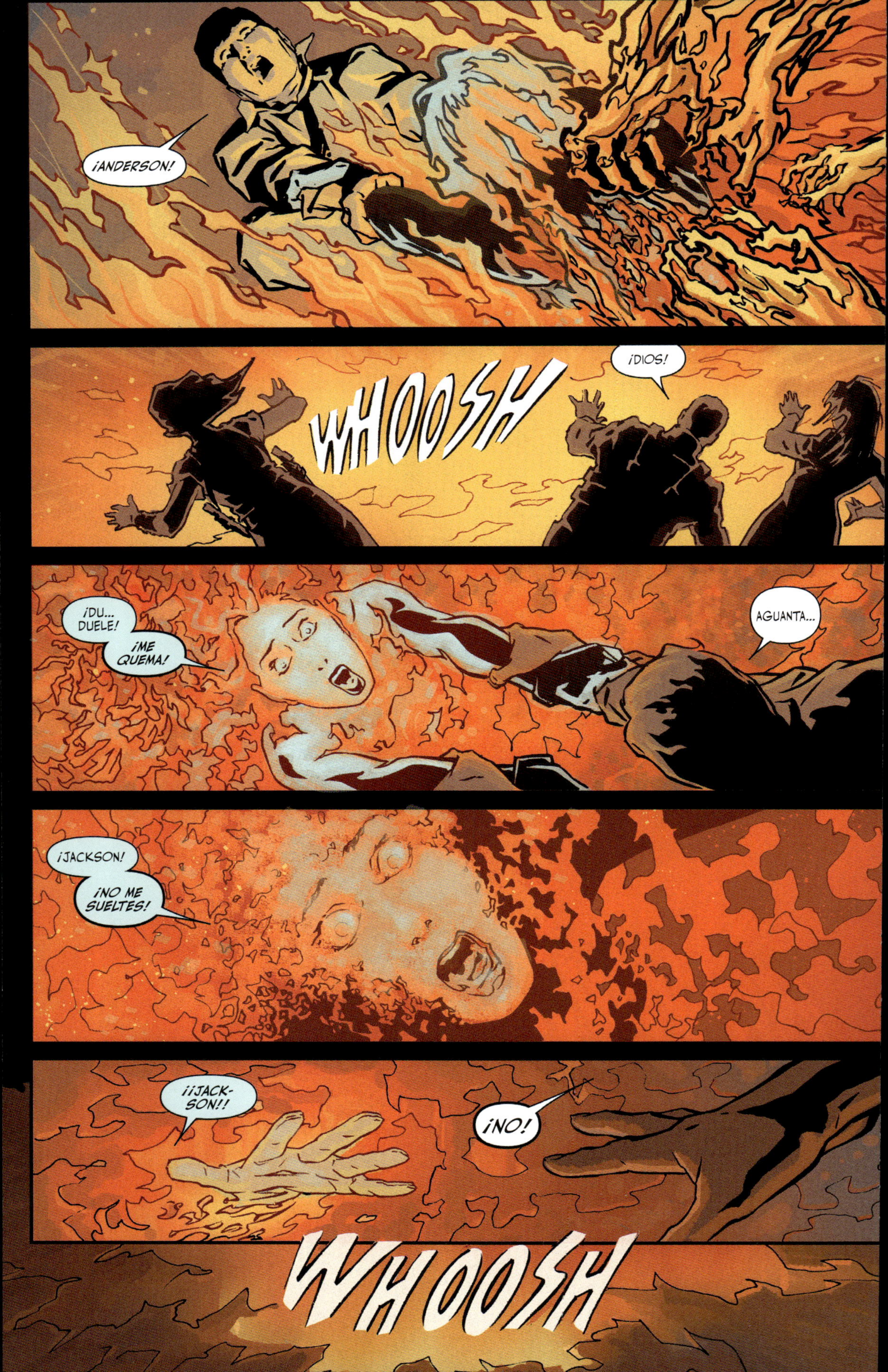
¡ANDERSON!
WHOOSH
¡DIOS!
¡DU... DUELE!
¡ME QUEMA!
AGUANTA...
¡JACKSON!
¡NO ME SUELTES!
¡¡JACK-SON!!
¡NO!
WHOOSH

CAPÍTULO NUEVE

Antes.
¡NO ESTOY PREPARADO PARA MORIR!
NADIE LO ESTÁ.
¿CÓMO LO HAS HECHO?
¡TE ENTERRAMOS VIVO, JACKSON!
SALÍ ARRASTRÁNDOME.
CON MIS PROPIAS MANOS.
PERO...
¿NO TE AYUDÓ NADIE? TE CONOZCO, JACKSON... ERES UN INÚTIL... INCAPAZ DE HACER NADA SIN AYUDA.
¡NO NECESITO AYUDA PARA MATAROS AHORA MISMO!
¡TE FALTAN PELOTAS!

BANG
BANG
¡SE SUPONÍA QUE DEBÍAMOS COMPARTIR ESTO!
¡LO QUE DEMUESTRA QUE NO TE PUEDES FIAR DE NADIE!
SÍ, ME ABANDONASTEIS A MI SUERTE EN ESA TUMBA Y NO SÉ CÓMO HE LOGRADO SOBRE-VIVIR, PERO...
...MORIR HA SIDO LO MEJOR QUE ME HA OCURRIDO NUNCA.

AL OTRO LADO DE ESE PORTAL SE ENCUENTRAN LOS SECRETOS DE LOS MUERTOS.
AHÍ ES DONDE PODREMOS ATRAPAR A LA MISMÍSIMA MUERTE Y ARREBATARLE SU PODER.
ANDERSON... YA NO ESTÁ...
OH, SUPÉRALO.
AHORA NO FINJAS QUE ERAIS AMIGOS DE VERDAD. SABES QUE ESA MALDITA GRANUJA MERECÍA ESTAR EN EL INFIERNO, PERO...
NO HAY TIEMPO PARA LLORAR A LOS MUERTOS DICHOSOS. DEBEMOS...
¡...MOVERNOS!
¡EH!
SI NO VOLVEMOS ANTES DE QUE SALGA EL SOL, QUEDAREMOS ATRAPADOS EN EL MUNDO ESPIRITUAL.
Y SI ALGUIEN QUE NO SEA YO SE DA LA VUELTA...
...EL MAESTRO MATARÁ A RUSNAK Y A KING.
A TOMAR POR CULO.
TERMINEMOS CON ESTO.

IMPRESIONANTE.
AQUÍ ES, NINA, DONDE LEERÁS EL LIBRO DE LOS MUERTOS Y ME AYUDARÁS A ROBAR LOS MÚLTIPLES TALENTOS DE LA MUERTE.
¿ESTÁ... NEVANDO?
NO ES NIEVE. SON LAS ALMAS DE LOS CAÍDOS.
CADA UNO DE LOS COPOS REPRESENTA OTRA VIDA QUE LA MUERTE SE HA LLEVADO.

¿¡CÓMO!?
UGH.
ASÍ ES COMO NUESTRAS MENTES INTERPRETAN EL SOMBRÍO MUNDO QUE NOS RODEA. EL MUNDO ESPIRITUAL HA TOMADO LA FORMA QUE CREEMOS QUE DEBE TENER.
ES SOBRECOGEDOR.
SÍ, SÍ... EL CGI ES INCREÍBLE.
¿PODEMOS EMPEZAR YA LA FIESTA? SOLO QUIERO ENCONTRAR A LA MUERTE Y PREGUNTARLE POR QUÉ DEMONIOS ESTÁ TAN INTERESADA EN MIS ASUNTOS.
DE ALGUNA MANERA TE LAS HAS ARREGLADO PARA EVITAR A LA MUERTE DURANTE TODA TU VIDA...
...Y, SIN EMBARGO, ES TU MAYOR DESEO. DA LA IMPRESIÓN DE QUE HAS ESTADO HACIÉNDOTE EL DIFÍCIL, JACKSON. POR SUPUESTO QUE LA MUERTE SE HA ENAMORADO DE TI.
DEBERÍA HABER PROBADO LAS CITAS POR INTERNET.
ENTONCES AHORA ERES TÚ EL QUE TIENE UN PLAN, ¿VERDAD? ¿CUÁL ES EL SIGUIENTE PASO EN ESE GRAN PLAN TUYO?
TENEMOS QUE ATRAER A LA MUERTE, HACER QUE VENGA A NOSOTROS.
¿Y CÓMO LO HACEMOS EXACTAMENTE?

MATÁN-
DOTE.
¡JACKSON!
¡CÁLLA-
TE!
SMAK

¿EN SERIO PENSABAS QUE TENDRÍAMOS UNA ESPECIE DE BATALLA ÉPICA?
¿DESPUÉS DE QUE INTENTARAS JUGÁRMELA? A MÍ NADIE ME ENGAÑA.
NADIE.
SPT
TE CREES MUY INGENIOSO E INTELIGENTE...
...PERO NO ERES NADIE.
NO ERES NADA.
SPT
¿QUÉ TIENE QUE DECIR AHORA, SR. WINTERS?

DI LO QUE QUIERAS... PERO NO ME BABEES...
MALDITO SEAS.
SPAT
ODIO PERDER LOS NERVIOS.
PERO TÚ SIEMPRE CONSIGUES SACARME DE QUICIO.
AHORA VEAMOS SI LA MUERTE VIENE A POR TI.

¡AH!
¡MONSTRUO!
¡ZORRA!
SI VUELVES A INTENTAR OTRA JUGARRETA COMO ESA, TERMINARÁS EN EL UELO, JUNTO A JACKSON. ¿ME HAS ENTENDIDO?
QUE TE JODAN.
O CONSIDE- ARÉ UN SÍ.
¡Y AHORA LEVANTA DE AHÍ! NUESTRO VIAJE ACABA DE EMPEZAR. JACKSON ME HA ENFADADO TANTO QUE HE TENIDO QUE MATARLE ANTES DE LO QUE ESPERABA.
DEBEMOS ENCONTRAR EL ALTAR DE LA MUERTE ANTES DE QUE ELLA LLEGUE.
¿¡LE HAS MATADO SOLO PORQUE TE HA ENFADADO!?
NO EXACTAMENTE. LA MUERTE SE LLEVA MILLONES DE ALMAS TODOS LOS DÍAS...
...PERO SACRIFICAR A JACKSON ATRAERÁ SU ATENCIÓN.

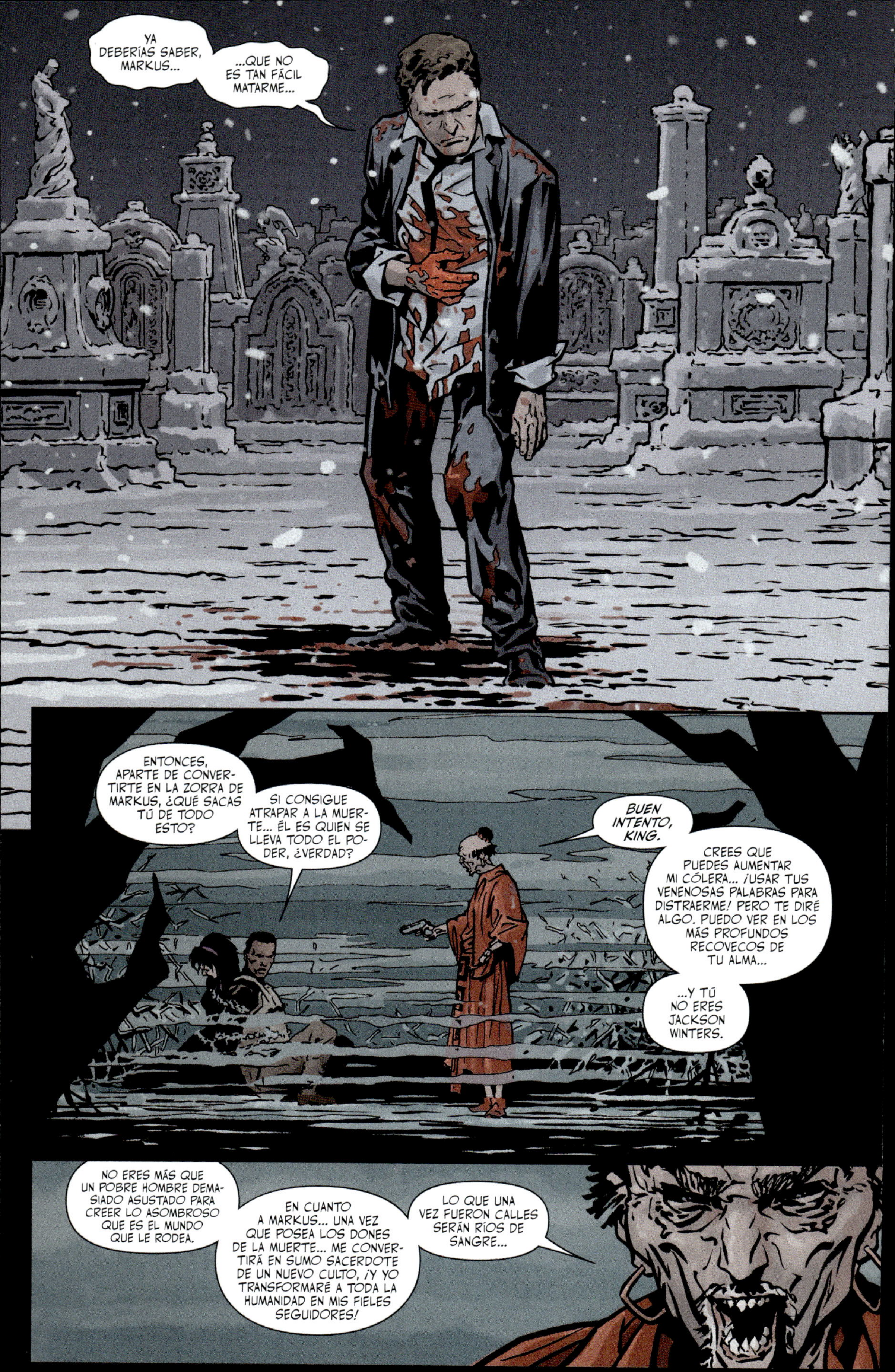
YA DEBERÍAS SABER, MARKUS...
...QUE NO ES TAN FÁCIL MATARME...
ENTONCES, APARTE DE CONVERTIRTE EN LA ZORRA DE MARKUS, ¿QUÉ SACAS TÚ DE TODO ESTO?
SI CONSIGUE ATRAPAR A LA MUERTE... ÉL ES QUIEN SE LLEVA TODO EL PODER, ¿VERDAD?
BUEN INTENTO, KING.
CREES QUE PUEDES AUMENTAR MI CÓLERA... ¡USAR TUS VENENOSAS PALABRAS PARA DISTRAERME! PERO TE DIRÉ ALGO. PUEDO VER EN LOS MÁS PROFUNDOS RECOVECOS DE TU ALMA...
...Y TÚ NO ERES JACKSON WINTERS.
NO ERES MÁS QUE UN POBRE HOMBRE DEMASIADO ASUSTADO PARA CREER LO ASOMBROSO QUE ES EL MUNDO QUE LE RODEA.
EN CUANTO A MARKUS... UNA VEZ QUE POSEA LOS DONES DE LA MUERTE... ME CONVERTIRÁ EN SUMO SACERDOTE DE UN NUEVO CULTO, ¡Y YO TRANSFORMARÉ A TODA LA HUMANIDAD EN MIS FIELES SEGUIDORES!
LO QUE UNA VEZ FUERON CALLES SERÁN RÍOS DE SANGRE...

¡MI NUEVO BURDEL SERÁ GLORIOSO!
¡JA, JA, JA, JA!
TENÉIS TODO EL DERECHO A ESTAR ENFADADOS. YO TAMBIÉN LO ESTARÍA.
¿CÓMO?
HE VISTO LO QUE OS HAN HECHO... PERO PODÉIS AYUDARNOS.
A LO MEJOR ESO OS LIBERA.
¿CON QUIÉN ESTÁS HABLANDO, MUCHACHA?
¿¡CREES QUE NO PUEDO PERCIBIR UNA SESIÓN DE ESPIRITISMO!?
¡EH! SI ES VERDAD QUE PUEDES VER MI ALMA, SABRÁS CÓMO NOS CONOCIMOS JACKSON Y YO, ¿NO?
INTENTASTE ROBARLE CUANDO ERAS UN NIÑO.
SÍ, Y DESPUÉS ME ENSEÑÓ TODO LO QUE SABE, INCLUIDO...
¡...CÓMO FORZAR CERRADURAS!
SI NO VUELVES A SENTARTE, ¡VOY A DESATAR UNA FURIA DE BALAS JUSTICIERAS SOBRE TI!
NO, NO LO HARÁS.
HE ESTADO HABLANDO CON UNAS ALMAS DESDICHADAS...
...PERO EN REALIDAD ESTÁN MÁS INTERESADAS EN HABLAR CONTIGO SOBRE CÓMO...

¡...ARRUINASTE SU GRAN DÍA!
NO...
SPPRRTHH
AAAHHHH
UGH. NUNCA ME ACOSTUMBRARÉ A VER ESTO.

UGH...
VAMOS...
SIGO DETRÁS DE TI, CABRÓN. TAL VEZ NO SEA NIEVE DE VERDAD, PERO LAS HUELLAS AÚN...
MIERDA.
SI TODO ESTO ES REAL... SIGNIFICA QUE TÚ TAMBIÉN LO ERES, ¿NO?
BUENO, ¡PUES QUE TE JODAN!
SÉ QUE SOY UN PEDAZO DE MIERDA QUE NO MERECE VIVIR, PERO...
...AQUÍ NO, NO CUANDO MIS AMIGOS NECESITAN AYUDA. NO CUANDO ESE GILIPOLLAS SE VA A SALIR CON LA SUYA.
¿POR QUÉ TIENES QUE CONCEDERME LO QUE DESEO EN EL...?

¿...PEOR...?
¿...MO-
MENTO...?
¿...POSIBLE?

ERES UN SER REPUGNANTE, ¿LO SABÍAS?
DESDE QUE NACEMOS, NOS METEN EN LA CABEZA QUE LA MUERTE ES ALGO ESPANTOSO. TODA NUESTRA VIDA GIRA EN TORNO A LA SUPERVIVENCIA. PERO A MÍ SE ME DA MEJOR QUE A LOS DEMÁS.
EEEEI!!!!
EEEI!!!
RRAAGGHHHH
LE TENGO EL MISMO MIEDO A LA MUERTE QUE TODAS LAS DEMÁS PERSONAS DE ESTE PLANETA. Y AUN ASÍ, CUANDO TRATO DE VENCER MI MIEDO...
...ME CONSIDERAN UN MONSTRUO.
¿TU OJO...?
ES UNA SEÑAL DE QUE EL HECHIZO ORIGINAL QUE LANCÉ EN LA MANSIÓN TRASK ESTÁ DESAPARECIENDO.
PERO NO PASA NADA, PORQUE NUESTRO VIAJE ESTÁ A PUNTO DE TERMINAR.

EL ALTAR DE LA MUERTE.
SU IGLESIA... SU LUGAR DE CULTO.
EN CUANTO ESAS PUERTAS SE ABRAN, YO TENDRÉ EL CONTROL. Y NO SOLO SOBRE MI PROPIA MORTALIDAD.
PIENSA EN TODAS LAS VIDAS QUE LA MUERTE SE HA LLEVADO. PIENSA EN LO QUE HA HECHO. TODO ESO TERMINARÁ. SERÉ YO EL QUE DECIDA QUIÉN VIVE Y QUIÉN MUERE.
TE PROMETO, NINA, QUE SI LEES EL LIBRO DE LOS MUERTOS... SI ME AYUDAS, EL MUNDO SERÁ UN LUGAR MEJOR.
¿Y DES-PUÉS?
LA MUERTE SERÁ MÍA.

TAL VEZ NO DEBERÍAMOS HABER CRUZADO LA PUERTA. RECUERDA LO QUE DIJO MARKUS. ESTE LUGAR SE CERRARÁ AL AMANECER...
...Y NO QUEDA MUCHO PARA ESO.
NO. ANTES TENÍAS RAZÓN. TENEMOS QUE ENCONTRARLOS.
ESTOY INTENTANDO PERCIBIR DÓNDE HAN IDO, PERO HAY DEMASIADOS ESPÍRITUS AQUÍ.
¿KING?
ESE CABRONAZO ENFERMO TENÍA RAZÓN. HE ESTADO IGNORANDO TODA ESTA LOCURA PORQUE NO QUERÍA CREER. HE SIDO UN CABEZOTA.
PERO AHORA... ESTE LUGAR... GUAU.
AHORA ES CUANDO EMPIEZAS A CREER... ERES MUY GRACIOSO, KING.
OH... ¡AHÍ HAY SANGRE!
¡MUCHA SANGRE!
VAMOS...
¡A LO MEJOR JACKSON SE HA CARGADO A MARKUS!

¡OH, DIOS MÍO, JACKSON!
¡MALDITA SEA!
¿QUÉ HA OCURRIDO?
HE VUELTO A JUGAR CON TIJERAS.
JACKSON...
TE ESTÁS... HAY MUCHA SANGRE...
OYE, KING...
SIENTO MUCHO HABERTE METIDO EN TODO ESTO.
YA TE DISCULPARÁS MÁS TARDE. ¿QUÉ QUIERES QUE HAGAMOS?
TENÉIS QUE LLEGAR HASTA NINA.
SALVADLA.
NO DEJÉIS QUE ESE VEJESTORIO CONSIGA CONTROLAR A LA MUERTE.
¡NO! ¡VAMOS A SACARTE DE AQUÍ Y A LLEVARTE AL HOSPITAL!
EDZIA... NO PASA NADA. ESTOY PREPARADO.
¿QUÉ?

LLEVO TIEMPO DE-SEÁNDOLO, ¿SABES?
HACE AÑOS QUE VIVO DE PRESTADO...
¿QUIÉN IBA A PENSAR QUE OCURRIRÍA RODEADO...?
¿...DE MIS AMIGOS?
OJALÁ HUBIERA...

CAPÍTULO DIEZ

Maldita sea.
Durante años solo he deseado una cosa...
...Y ahora que por fin la consigo...
...Algo no va bien. Detesto tener que decir eso de que hay que tener cuidado con lo que se desea, pero así es...

ASÍ QUE ESTO ES TODO, ¿EH?
ESTÚPIDA CASA ENCANTADA.
LA HAS JODIDO, ¿VERDAD?

POR FIN HAS CONSEGUIDO QUE TE MATEN.
MENUDO GILIPOLLAS.
¿ENTONCES ESTOY MUERTO DE VERDAD?
JODER, CHICO... ESTÁS MUERTO Y REMUERTO.
¡JA, JA!
¿SABES LO DE...?
LO SIENTO...
¿MI HIJO? SÍ.
OLVÍDALO.
ESE CABRONCETE TUVO LO QUE SE MERECÍA. Y SIGUE RECIBIENDO SU CASTIGO EN... YA SABES...

¿QUÉ HA PASADO?
MARKUS. HA VUELTO.
¿ESE VEJESTORIO? DIME QUE NO ACEPTASTE NINGÚN TRABAJO PARA ÉL.
NO EXACTAMENTE. SECUESTRÓ A RUSNAK Y... QUERÍA ROBAR LA MUERTE. UN ASUNTO BASTANTE COMPLICADO. HE ESTADO TRABAJANDO CON EL FBI PARA ENCONTRARLE...
BUENO, EN REALIDAD NO ME PAGAN, PERO ME MANTIENE FUERA DE LA CÁRCEL.
EL DINERO NO LO ES TODO. AL MENOS POR FIN ESTABAS HACIENDO ALGO CON TU...
CORTA EL ROLLO.
¿PERDONA?
QUE TÚ NO ERES TRICK.
ASÍ QUE...
...CORTA... EL... ROLLO.
VALE.

TU VIEJO AMIGO TRICK ME PARECÍA UNA FORMA MÁS ACOGEDORA PARA RECIBIRTE EN EL MÁS ALLÁ.
NO QUERÍA ASUSTARTE.

LLEVO MUCHO TIEMPO DICIÉNDOLO Y PARECE QUE NADIE ME HACE CASO.
NO LE TENGO MIEDO A LA MUERTE.

NO, DESDE LUEGO QUE NO.
PERO NO POR LAS RAZONES QUE TÚ TE CREES.
HACE MUCHO TIEMPO QUE ESTOY CONTIGO, JACKSON.
Y SIEMPRE HAS TENIDO UN DESEO SUICIDA.
LA VIDA ES UNA MIERDA Y LUEGO TE MUERES... ESTABA PREPARADO PARA LO SEGUNDO.
PUEDE QUE CREAS QUE ESTABAS PREPARADO PARA LA MUERTE... PERO LA REALIDAD ES QUE TE HAS RENDIDO.
QUIZÁS A MÍ NO ME TEMAS...
...PERO SÍ QUE LE TIENES MIEDO A LA VIDA.
¿POR ESO ME HAS ESTADO VIGILANDO?
HUBO UN TIEMPO EN QUE LUCHABAS POR VIVIR. TE ENTERRARON VIVO Y CONSEGUISTE SALIR... Y SIN EMBARGO, EN ALGÚN MOMENTO RENUNCIASTE A LA VIDA... Y QUERÍA SABER POR QUÉ.
QUERÍA SER TESTIGO DE LO QUE HARÍA FALTA PARA QUE APRECIARAS LO VALIOSA QUE ERA LA VIDA... Y SI SEGUIRÍAS LUCHANDO POR ELLA.
Y AL FINAL... LO HICISTE. PERO NO ENCONTRASTE ESA FUERZA EN TU INTERIOR. LA DESCUBRISTE CON AYUDA DE TUS AMIGOS.
ENTONCES, ¿ME HAS ESTADO PONIENDO A PRUEBA? ¿SE TRATABA DE ESO?
EXACTO.

¡SMACK!
¡ESO ES POR TODOS LOS QUE HAN MUERTO!
¿QUÉ VAS A HACER? ¿¡MATARME!?
¿¡CÓMO TE ATREVES A PEGARME!?
¡OJALÁ PUDIESE!
¿¡QUÉ TENGO QUE HACER PARA QUE ME CONVIERTAS EN FANTASMA O LO QUE SEA Y ME ENVÍES A DETENER A MARKUS!?
ME HAS ENGAÑADO Y TE HAS ESCAPADO DE MIS GARRAS DEMASIADAS VECES.
ENTONCES, ¿QUÉ QUIERES? ¿QUÉ?
TENGO UN TRABAJO PARA TI.

¡SÍ QUE LO LEERÁS, MUJER!
¿¡EN SERIO PIENSAS QUE VOY A HACER ALGO DE LO QUE ME PIDAS DESPUÉS DE HABER MATADO A JACKSON!?
VAS A TENER QUE LIQUIDARME, PORQUE NO PIENSO LEER EL LIBRO.
VEO QUE SE TE HAN PEGADO LOS MODALES DE JACKSON.
¡VETE A TOMAR POR EL CULO!
PARECE QUE NO LO ENTIENDES, NINA. PARA MÍ LA VIDA NO TIENE SENTIDO...
...SI NO PUEDO VIVIR ETERNAMENTE.
A LO MEJOR SI HACES LO QUE TE DIGO, TRAIGO A JACKSON DE ENTRE LOS MUERTOS... PERO SOLO SI...
...LEES.
VALE...
ESTÁ BIEN. POR JACKSON.
MUERTE... SANGRE DE CUERVO TE LLAMA...

Y ME RESPONDERÁS.
¡MUÉSTRATE!
¡ESCUCHA MIS PALABRAS! ¡VEN A MÍ!
¡MIERDA PUTA! ¿¡QUÉ DEMONIOS OCURRE!?
¡NINA ESTÁ LEYENDO SU PROPIO LIBRO DE LOS MUERTOS, INTENTANDO INVOCAR A LA MUERTE!
PERO... ¡PARECE COMO SI EL RITUAL SE HUBIESE ADUEÑADO DE ELLA!
¡KAAA!
DEBEMOS DETENERLA ANTES DE QUE...
¿¡ES QUE NO TE DAS CUENTA, RUSNAK!?
¡ES DEMASIADO TARDE!

¡YA ESTÁ HECHO!
KRREEK
WHOOSSSH
POR FIN.
¡LOS MISTERIOS DE LA MUERTE SE REVELARÁN ANTE MÍ!
LA ÚNICA CONSTANTE DEL UNIVERSO...
...ES MÍA.
¿DESEAS CONOCER LOS SECRETOS DE LA MUERTE?

PUES LO SIENTO, MARKUS...
...PARECE QUE ME HE ADELANTADO.
HE RENUNCIADO AL SUEÑO ETERNO PARA QUE TÚ NO GANASES... PERO HA MERECIDO LA PENA SOLO POR VER TU CARA EN ESTE MOMENTO.
EN CUANTO A TI, SANGRE DE CUERVO...

...SE ACABÓ LA LECTURA.
¡¡KKAAA!!
KKRRTSSH
TE TENGO, NINA.
¿JACKSON...?
TE VIMOS MORIR, TÍO...
¡NO! ¡NO PERMITIRÉ QUE ME QUITES ESTO!
¡YA ESTÁ HECHO, MARKUS!
PERO ¿CÓMO?
LA MUERTE ME OFRECIÓ UN TRABAJO QUE NO PUDE RECHAZAR.
¿QUIÉN MEJOR PARA ROBAR VIDAS QUE UN LADRÓN CONSUMADO?
ESTO NO... NO ES JUSTO.
TÚ... NO ERES NADA. YO HE DEDICADO TODA MI VIDA A ESTO.
LO SÉ, Y POR ESO VOY A DARTE EXACTAMENTE LO QUE QUIERES.
LO QUE SIEMPRE HAS DESEADO.

LA INMORTALIDAD.
ME SIENTO MUCHO MÁS JOVEN.
IGUAL QUE CUANDO MATÉ A MI HERMANA EN LA MANSIÓN TRASK.
MIENTRAS NO TE METAS EN LÍOS...
...NO MORIRÁS NUNCA. JAMÁS VENDRÉ A POR TU ALMA.
TE LO PROMETO.
NINA, YO...
CÁLLATE.
SOLO POR UNA VEZ... *CÁLLATE*.

BONITO TRAJE, COLEGA.
GRACIAS.
¿POR QUÉ LE HAS CONCEDIDO A MARKUS LA VIDA ETERNA?
¿EN SERIO VAS A PONER EN DUDA LOS DESIGNIOS DE LA MUERTE?
¡SÍ!
ESCUCHADME UN MOMENTO. MARKUS ES UN ESTÚPIDO POR QUERER VIVIR ETERNAMENTE.
JAMÁS PODRÁ APRECIAR LA VIDA QUE TIENE. CREEDME... LO SÉ.
PERO VOSOTROS TRES TENÉIS MUCHA VIDA POR DELANTE. ASÍ QUE APROVECHADLA.
POR MÍ.
QUÉ CONMOVEDOR.
GRACIAS POR ESTE REGALO, JACKSON.
ME HAS DADO TIEMPO INFINITO PARA ENCONTRAR LA MANERA DE DESTRUIRTE.
AY...
NADA ES LO BASTANTE BUENO PARA TI, ¿VERDAD?
HMM. PARECE QUE EL SOL ESTÁ A PUNTO DE SALIR...

KKRAAKAKA KRAKA BOOM
JUSTO AHORA MISMO.
SI NO CONSEGUIMOS LLEGAR A LA PUERTA DE LAS ALMAS, ¡NOS QUEDAREMOS AQUÍ ATRAPADOS PARA SIEMPRE!
¡HAY QUE IRSE! ¡YA!
¿¡Y JACKSON!?
CREO QUE JACKSON ESTARÁ BIEN.
¡ESTE PODER ME PERTENECE!
HAS PERDIDO. ACÉPTALO.
¡ME NIEGO A ABANDONAR ESTE INFIERNO CON LAS MANOS VACÍAS!

¡DEPRISA! ¡ESTAMOS A PUNTO DE HUNDIRNOS EN UNA ETERNIDAD DE SUFRIMIENTO!
¡ESTOY JUSTO DETRÁS DE VOSOTROS!
MÁS VALE QUE TE MARCHES, MARKUS. SERÍA UNA PENA QUE MALGASTASES TU INMORTALIDAD ATRAPADO AQUÍ.
¡AH!
¡VAMOOOOS!
MALDITO SEAS, JACKSON.
¡OJALÁ TE PUDRAS EN EL INFIERNO!
KKRAKAKAKA
¡¡¡NOOO!!!
¡MIIIIERRRDAAA!
KKRAKAKAKA

UF, UF, UF...
LO LOGRA-MOS.
LA PUERTA... HA DESAPA-RECIDO.
TODO HA DESAPARE-CIDO.
JACKSON...
ES DURO DE PELAR Y SABE CUIDAR-SE SOLO.
SÍ, LO SÉ.
¿ALGUIEN MÁS TIENE HAMBRE?
UNO DE LOS FANTASMAS QUE HAY AQUÍ ME ESTÁ DICIENDO QUE HAY UN PUEBLECITO JUSTO AL LADO DONDE DAN DE DESAYUNAR UNAS SALCHICHAS ESTU-PENDAS.
RUSNAK, TIENES UN PROBLEMA.
A VER SI PLEDO LOCALIZAR A CREED PARA QUE VENGA A BUSCARNOS. NO LE VA A HACER NIN-GUNA GRACIA QUE VOLVAMOS SIN MARKUS.
SEGURO QUE LO ENTIENDE...

"MARKUS ESTÁ RECIBIENDO SU MERECIDO."
¡¡¡NOOOOO!!!
¡ESTE NO ES MI FIN!
SOY MEJOR QUE...
TNG TNG TNG
¡AH!
¡NO!
¡AAAAAAAAH!
HHHH
ES CASI COMO SI YO LO HUBIESE PLANEADO TODO...
¿EH?

¿ESO ES... MÚSICA?
ES... HERMOSA.
HUM.
NO ME LO ESPERABA. BUENO...
...VAMOS A ROMPER ALGUNOS CORAZONES.

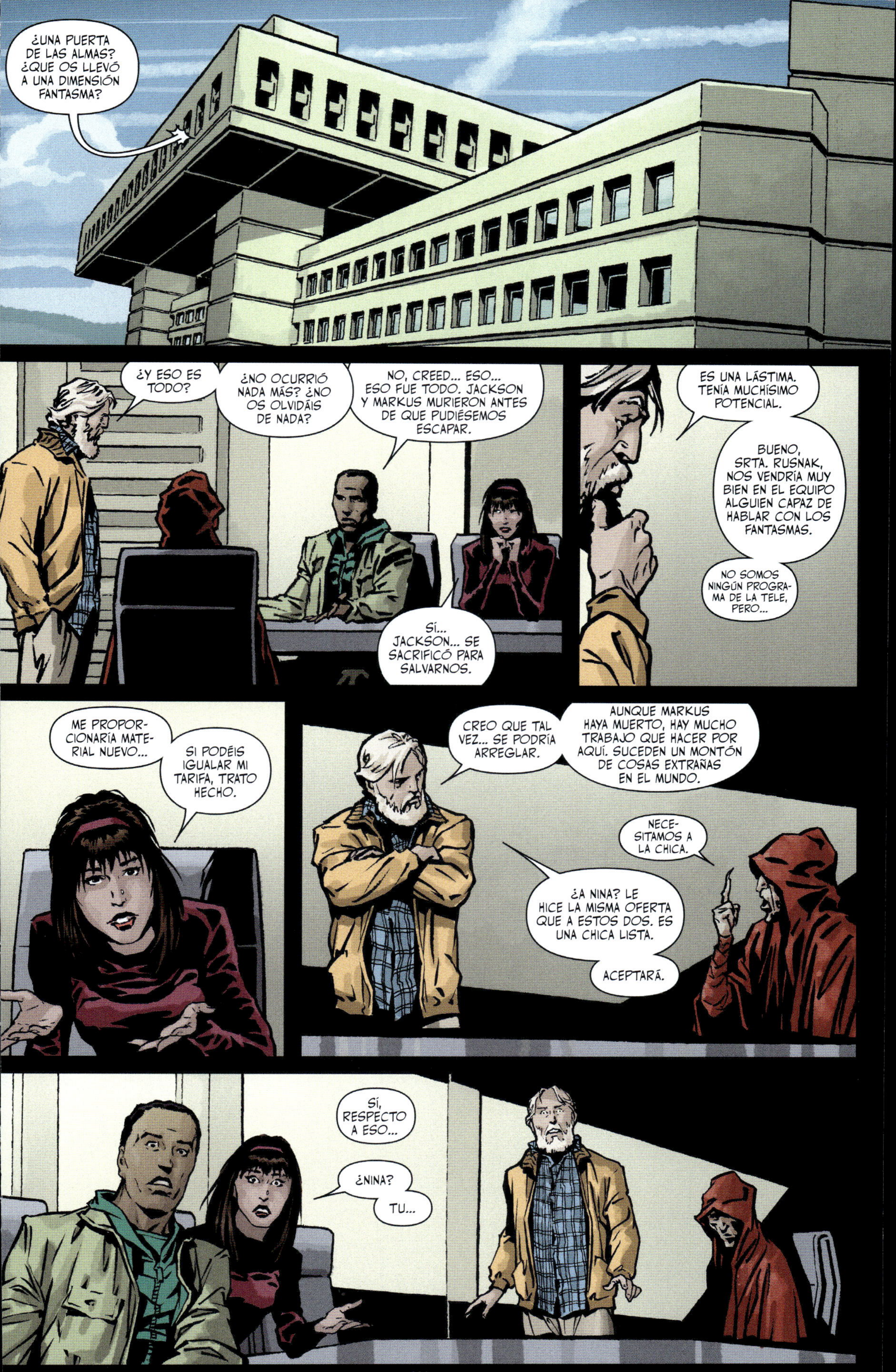
¿UNA PUERTA DE LAS ALMAS? ¿QUE OS LLEVÓ A UNA DIMENSIÓN FANTASMA?
¿Y ESO ES TODO?
¿NO OCURRIÓ NADA MÁS? ¿NO OS OLVIDÁIS DE NADA?
NO, CREED... ESO... ESO FUE TODO. JACKSON Y MARKUS MURIERON ANTES DE QUE PUDIÉSEMOS ESCAPAR.
SÍ... JACKSON... SE SACRIFICÓ PARA SALVARNOS.
ES UNA LÁSTIMA. TENÍA MUCHÍSIMO POTENCIAL.
BUENO, SRTA. RUSNAK, NOS VENDRÍA MUY BIEN EN EL EQUIPO ALGUIEN CAPAZ DE HABLAR CON LOS FANTASMAS.
NO SOMOS NINGÚN PROGRAMA DE LA TELE, PERO...
ME PROPORCIONARÍA MATERIAL NUEVO...
SI PODÉIS IGUALAR MI TARIFA, TRATO HECHO.
CREO QUE TAL VEZ... SE PODRÍA ARREGLAR.
AUNQUE MARKUS HAYA MUERTO, HAY MUCHO TRABAJO QUE HACER POR AQUÍ. SUCEDEN UN MONTÓN DE COSAS EXTRAÑAS EN EL MUNDO.
NECESITAMOS A LA CHICA.
¿A NINA? LE HICE LA MISMA OFERTA QUE A ESTOS DOS. ES UNA CHICA LISTA.
ACEPTARÁ.
SÍ, RESPECTO A ESO...
¿NINA?
TU...

¿EL PELO? YA OS ACOSTUMBRARÉIS.
Y EN CUANTO A TU OFERTA, CREED... ¿TRABAJAR PARA EL SISTEMA?
TE DIRÉ LO MISMO QUE SÉ QUE TE HUBIESE DICHO JACKSON.

PREFIERO MORIR.

WILLIAMSON · GIANFELICE · SUDŽUKA · MRVA
GHOSTED
VOLUME THREE · DEATH WISH

WILLIAMSON • LACI • RYP • MRVA
GHOSTED
VOLUME FOUR • GHOST TOWN